Patrick Modiano

Rue
des Boutiques
Obscures

Gallimard

POUR RUDY
POUR MON PÈRE

I

Je ne suis rien. Rien qu'une silhouette claire, ce soir-là, à la terrasse d'un café. J'attendais que la pluie s'arrêtât, une averse qui avait commencé de tomber au moment où Hutte me quittait.

Quelques heures auparavant, nous nous étions retrouvés pour la dernière fois dans les locaux de l'Agence. Hutte se tenait derrière le bureau massif, comme d'habitude, mais gardait son manteau, de sorte qu'on avait vraiment l'impression d'un départ. J'étais assis en face de lui, sur le fauteuil en cuir réservé aux clients. La lampe d'opaline répandait une lumière vive qui m'éblouissait.

— Eh bien voilà, Guy... C'est fini..., a dit Hutte dans un soupir.

Un dossier traînait sur le bureau. Peut-être celui du petit homme brun au regard effaré et au visage bouffi, qui nous avait chargés de suivre sa femme. L'après-midi, elle allait rejoindre un autre petit homme brun au visage bouffi, dans un hôtel meublé de la rue Vital, voisine de l'avenue Paul-Doumer.

Hutte se caressait pensivement la barbe, une barbe poivre et sel, courte, mais qui lui mangeait les joues. Ses gros yeux clairs étaient perdus dans le vague. A gauche du bureau, la chaise d'osier où je m'asseyais aux heures de travail. Derrière Hutte, des rayonnages de bois sombre couvraient la moitié du mur : y étaient rangés des Bottins et des annuaires de toutes espèces et de ces cinquante dernières années. Hutte m'avait souvent dit qu'ils étaient des outils de travail irremplaçables dont il ne se séparerait jamais. Et que ces Bottins et ces annuaires constituaient la plus précieuse et la plus émouvante bibliothèque qu'on pût avoir, car sur leurs pages étaient répertoriés bien des êtres, des choses, des mondes disparus, et dont eux seuls portaient témoignage.

— Qu'est-ce que vous allez faire de tous ces Bottins ? ai-je demandé à Hutte, en désignant d'un mouvement large du bras les rayonnages.

— Je les laisse ici, Guy. Je garde le bail de l'appartement.

Il jeta un regard rapide autour de lui. Les deux battants de la porte qui donnait accès à la petite pièce voisine étaient ouverts et l'on distinguait le canapé au velours usé, la cheminée, et la glace où se réfléchissaient les rangées d'annuaires et de Bottins et le visage de Hutte. Souvent nos clients attendaient dans cette pièce. Un tapis persan protégeait le parquet. Au mur, près de la fenêtre, était accrochée une icône.

— A quoi pensez-vous, Guy ?

— A rien. Alors, vous gardez le bail ?

— Oui. Je reviendrai de temps en temps à Paris et l'Agence sera mon pied-à-terre.

Il m'a tendu son étui à cigarettes.

— Je trouve ça moins triste de conserver l'Agence telle qu'elle était.

Cela faisait plus de huit ans que nous travaillions ensemble. Lui-même avait créé cette agence de police privée en 1947 et travaillé avec bien d'autres personnes, avant moi. Notre rôle était de fournir aux clients ce que Hutte appelait des « renseignements mondains ». Tout se passait, comme il le répétait volontiers, entre « gens du monde ».

— Vous croyez que vous pourrez vivre à Nice ?

— Mais oui.

— Vous n'allez pas vous ennuyer ?

Il a soufflé la fumée de sa cigarette.

— Il faut bien prendre sa retraite un jour, Guy.

Il s'est levé lourdement. Hutte doit peser plus de cent kilos et mesurer un mètre quatre-vingt-quinze.

— Mon train est à 20 h 55. Nous avons le temps de prendre un verre.

Il m'a précédé dans le couloir qui mène au vestibule. Celui-ci a une curieuse forme ovale et des murs d'un beige déteint. Une serviette noire, si pleine qu'on n'avait pas pu la fermer, était posée par terre. Hutte la prit. Il la portait en la soutenant de la main.

— Vous n'avez pas de bagages ?

— J'ai fait tout envoyer d'avance.

Hutte a ouvert la porte d'entrée et j'ai éteint la

lumière du vestibule. Sur le palier, Hutte a hésité un instant avant de refermer la porte et ce claquement métallique m'a pincé le cœur. Il marquait la fin d'une longue période de ma vie.

— Ça fout le cafard, hein, Guy ? m'a dit Hutte, et il avait sorti de la poche de son manteau un grand mouchoir dont il s'épongeait le front.

Sur la porte, il y avait toujours la plaque rectangulaire de marbre noir où était inscrit en lettres dorées et pailletées :

C. M. HUTTE
Enquêtes privées.

— Je la laisse, m'a dit Hutte.

Puis il a donné un tour de clé.

Nous avons suivi l'avenue Niel jusqu'à la place Pereire. Il faisait nuit et bien que nous entrions dans l'hiver, l'air était tiède. Place Pereire, nous nous sommes assis à la terrasse des Hortensias. Hutte aimait ce café, parce que les chaises y étaient cannées, « comme avant ».

— Et vous, Guy, qu'est-ce que vous allez devenir ? m'a-t-il demandé après avoir bu une gorgée de fine à l'eau.

— Moi ? Je suis sur une piste.

— Une piste ?

— Oui. Une piste de mon passé...

J'avais dit cette phrase d'un ton pompeux qui l'a fait sourire.

14

— J'ai toujours cru qu'un jour vous retrouveriez votre passé.

Cette fois-ci, il était grave et cela m'a ému.

— Mais voyez-vous, Guy, je me demande si cela en vaut vraiment la peine...

Il a gardé le silence. A quoi rêvait-il ? A son passé à lui ?

— Je vous donne une clé de l'Agence. Vous pouvez y aller de temps en temps. Ça me ferait plaisir.

Il m'a tendu une clé que j'ai glissée dans la poche de mon pantalon.

— Et téléphonez-moi à Nice. Mettez-moi au courant... au sujet de votre passé...

Il s'est levé et m'a serré la main.

— Voulez-vous que je vous accompagne au train ?

— Oh non... non... C'est tellement triste...

Il est sorti du café d'une seule enjambée, en évitant de se retourner, et j'ai éprouvé une sensation de vide. Cet homme avait beaucoup compté pour moi. Sans lui, sans son aide, je me demande ce que je serais devenu, voilà dix ans, quand j'avais brusquement été frappé d'amnésie et que je tâtonnais dans le brouillard. Il avait été ému par mon cas et grâce à ses nombreuses relations, m'avait même procuré un état civil.

— Tenez, m'avait-il dit en ouvrant une grande enveloppe qui contenait une carte d'identité et un passeport. Vous vous appelez maintenant « Guy Roland ».

Et ce détective que j'étais venu consulter pour qu'il mît son habileté à rechercher des témoins ou des traces de mon passé avait ajouté :

— Mon cher « Guy Roland », à partir de maintenant, ne regardez plus en arrière et pensez au présent et à l'avenir. Je vous propose de travailler avec moi...

S'il me prenait en sympathie, c'est que lui aussi — je l'appris plus tard — avait perdu ses propres traces et que toute une partie de sa vie avait sombré d'un seul coup, sans qu'il subsistât le moindre fil conducteur, la moindre attache qui aurait pu encore le relier au passé. Car qu'y a-t-il de commun entre ce vieil homme fourbu que je vois s'éloigner dans la nuit avec son manteau râpé et sa grosse serviette noire, et le joueur de tennis d'autrefois, le bel et blond baron balte Constantin von Hutte ?

II

— Allô ? Monsieur Paul Sonachitzé ?

— Lui-même.

— Guy Roland à l'appareil... Vous savez, le...

— Mais oui, je sais ! Nous pouvons nous voir ?

— Comme vous voulez...

— Par exemple... ce soir vers neuf heures rue Anatole-de-la-Forge ?... Ça vous va ?

— Entendu.

— Je vous attends. A tout à l'heure.

Il a raccroché brusquement et la sueur coulait le long de mes tempes. J'avais bu un verre de cognac afin de me donner du courage. Pourquoi une chose aussi anodine que de composer sur un cadran un numéro de téléphone me cause, à moi, tant de peine et d'appréhension ?

Au bar de la rue Anatole-de-la-Forge, il n'y avait aucun client, et il se tenait derrière le comptoir en costume de ville.

— Vous tombez bien, m'a-t-il dit. J'ai congé tous les mercredis soir.

Il est venu vers moi et m'a pris par l'épaule.

— J'ai beaucoup pensé à vous.

— Merci.

— Ça me préoccupe vraiment, vous savez...

J'aurais voulu lui dire qu'il ne se fît pas de soucis à mon sujet, mais les mots ne venaient pas.

— Je crois finalement que vous deviez être dans l'entourage de quelqu'un que je voyais souvent à une certaine époque... Mais qui ?

Il hochait la tête.

— Vous ne pouvez pas me mettre sur la piste ?

— Non.

— Pourquoi ?

— Je n'ai aucune mémoire, monsieur.

Il a cru que je plaisantais, et comme s'il s'agissait d'un jeu ou d'une devinette, il a dit :

— Bon. Je me débrouillerai tout seul. Vous me laissez carte blanche ?

— Si vous voulez.

— Alors ce soir, je vous emmène dîner chez un ami.

Avant de sortir, il a baissé, d'un mouvement sec, la manette d'un compteur électrique et fermé la porte de bois massif en donnant plusieurs tours de clé.

Sa voiture stationnait sur le trottoir opposé. Elle était noire et neuve. Il m'a ouvert la portière poliment.

— Cet ami s'occupe d'un restaurant très agréable à la limite de Ville-d'Avray et de Saint-Cloud.

— Et nous allons jusque là-bas ?

18

— Oui.

De la rue Anatole-de-la-Forge, nous débouchions dans l'avenue de la Grande-Armée et j'ai eu la tentation de quitter brusquement la voiture. Aller jusqu'à Ville-d'Avray me semblait insurmontable. Mais il fallait être courageux.

Jusqu'à ce que nous soyons parvenus à la porte de Saint-Cloud, j'ai dû combattre la peur panique qui m'empoignait. Je connaissais à peine ce Sonachitzé. Ne m'attirait-il pas dans un traquenard ? Mais, peu à peu, en l'écoutant parler, je me suis apaisé. Il me citait les différentes étapes de sa vie professionnelle. Il avait d'abord travaillé dans des boîtes de nuit russes, puis au Langer, un restaurant des jardins des Champs-Élysées, puis à l'hôtel Castille, rue Cambon, et il était passé par d'autres établissements, avant de s'occuper de ce bar de la rue Anatole-de-la-Forge. Chaque fois, il retrouvait Jean Heurteur, l'ami chez lequel nous allions, de sorte qu'ils avaient formé un tandem pendant une vingtaine d'années. Heurteur aussi avait de la mémoire. A eux deux, ils résoudraient certainement « l'énigme » que je posais.

Sonachitzé conduisait avec une grande prudence et nous avons mis près de trois quarts d'heure pour arriver à destination.

Une sorte de bungalow dont un saule pleureur cachait la partie gauche. Vers la droite, je discernais un fouillis de buissons. La salle du restaurant était vaste. Du fond, où brillait une lumière vive, un homme marchait vers nous. Il me tendit la main.

— Enchanté, monsieur. Jean Heurteur.

Puis, à l'adresse de Sonachitzé :

— Salut, Paul.

Il nous entraînait vers le fond de la salle. Une table de trois couverts était dressée, au centre de laquelle il y avait un bouquet de fleurs.

Il désigna l'une des portes-fenêtres :

— J'ai des clients dans l'autre bungalow. Une noce.

— Vous n'êtes jamais venu ici ? me demanda Sonachitzé.

— Non.

— Alors, Jean, montre-lui la vue.

Heurteur me précéda sur une véranda qui dominait un étang. A gauche, un petit pont bombé, de style chinois, menait à un autre bungalow, de l'autre côté de l'étang. Les portes-fenêtres étaient violemment éclairées et derrière elles je voyais passer des couples. On dansait. Les bribes d'une musique nous parvenaient de là-bas.

— Ils ne sont pas nombreux, me dit-il, et j'ai l'impression que cette noce va finir en partouze.

Il haussa les épaules.

— Il faudrait que vous veniez en été. On dîne sur la véranda. C'est agréable.

Nous rentrâmes dans la salle du restaurant et Heurteur ferma la porte-fenêtre.

— Je vous ai préparé un dîner sans prétention.

Il nous fit signe de nous asseoir. Ils étaient côte à côte, en face de moi.

— Qu'est-ce que vous aimez, comme vins ? me demanda Heurteur.

— Comme vous voulez.

— Château-petrus ?

— C'est une excellente idée, Jean, dit Sonachitzé.

Un jeune homme en veste blanche nous servait. La lumière de l'applique du mur tombait droit sur moi et m'éblouissait. Les autres étaient dans l'ombre, mais sans doute m'avaient-ils placé là pour mieux me reconnaître.

— Alors, Jean ?

Heurteur avait entamé sa galantine et me jetait, de temps en temps, un regard aigu. Il était brun, comme Sonachitzé, et comme lui se teignait les cheveux. Une peau grumeleuse, des joues flasques et de minces lèvres de gastronome.

— Oui, oui..., a-t-il murmuré.

Je clignais les yeux, à cause de la lumière. Il nous a versé du vin.

— Oui... oui... je crois que j'ai déjà vu monsieur...

— C'est un véritable casse-tête, a dit Sonachitzé. Monsieur refuse de nous mettre sur la voie...

Il semblait saisi d'une inspiration.

— Mais peut-être voulez-vous que nous n'en parlions plus ? Vous préférez rester « incognito » ?

— Pas du tout, ai-je dit avec le sourire.

Le jeune homme servait un ris de veau.

— Quelle est votre profession ? m'a demandé Heurteur.

— J'ai travaillé pendant huit ans dans une agence de police privée, l'agence C. M. Hutte.

Ils me considéraient, stupéfaits.

— Mais cela n'a certainement aucun rapport avec ma vie antérieure. Alors, n'en tenez pas compte.

— C'est curieux, a déclaré Heurteur en me fixant, on ne pourrait pas dire l'âge que vous avez.

— A cause de ma moustache, sans doute.

— Sans votre moustache, a dit Sonachitzé, nous vous reconnaîtrions peut-être tout de suite.

Et il tendait le bras, posait sa main à plat juste au-dessous de mon nez pour cacher la moustache, et cillait des yeux comme le portraitiste devant son modèle.

— Plus je regarde monsieur, plus j'ai l'impression qu'il appartenait à un groupe de noctambules..., a dit Heurteur.

— Mais quand ? a demandé Sonachitzé.

— Oh... il y a longtemps... Cela fait une éternité que nous ne travaillons plus dans les boîtes de nuit, Paul...

— Tu crois que ça remonterait au temps du Tanagra ?

Heurteur me fixait d'un regard de plus en plus intense.

— Excusez-moi, me dit-il. Pourriez-vous vous lever une seconde ?

Je m'exécutai. Il me regardait de haut en bas et de bas en haut.

22

— Mais oui, ça me rappelle un client. Votre taille... Attendez...

Il avait levé la main et se figeait comme s'il voulait retenir quelque chose qui risquait de se dissiper d'un instant à l'autre.

— Attendez... Attendez... Ça y est, Paul...

Il avait un sourire triomphal.

— Vous pouvez vous rasseoir...

Il jubilait. Il était sûr que ce qu'il allait dire ferait son effet. Il nous versait du vin, à Sonachitzé et à moi, d'une manière cérémonieuse.

— Voilà... Vous étiez toujours accompagné d'un homme aussi grand que vous... Peut-être plus grand encore... Ça ne te dit rien, Paul ?

— Mais de quelle époque parles-tu ? a demandé Sonachitzé.

— De celle du Tanagra, bien sûr...

— Un homme aussi grand que lui ? a répété Sonachitzé pour lui-même. Au Tanagra ?...

— Tu ne vois pas ?

Heurteur haussait les épaules.

Maintenant c'était au tour de Sonachitzé d'avoir ur sourire de triomphe. Il hochait la tête.

— Je vois...

— Alors ?

— Stioppa.

— Mais oui. Stioppa...

Sonachitzé s'était tourné vers moi.

— Vous connaissiez Stioppa ?

— Peut-être, ai-je dit prudemment.

23

— Mais si..., a dit Heurteur. Vous étiez souvent avec Stioppa... J'en suis sûr...

— Stioppa...

A en juger par la manière dont Sonachitzé le prononçait, un nom russe, certainement.

— C'était lui qui demandait toujours à l'orchestre de jouer : *Alaverdi...,* a dit Heurteur. Une chanson du Caucase...

— Vous vous en souvenez ? m'a dit Sonachitzé en me serrant le poignet très fort : *Alaverdi...*

Il sifflait cet air, les yeux brillants. Moi aussi, brusquement, j'étais ému. Il me semblait le connaître, cet air.

A ce moment-là, le garçon qui nous avait servi le dîner s'est approché de Heurteur et lui a désigné quelque chose, au fond de la salle.

Une femme était assise, seule, à l'une des tables, dans la pénombre. Elle portait une robe bleu pâle et elle appuyait le menton sur les paumes de ses mains. A quoi rêvait-elle ?

— La mariée.

— Qu'est-ce qu'elle fait là ? a demandé Heurteur.

— Je ne sais pas, a dit le garçon.

— Vous lui avez demandé si elle voulait quelque chose ?

— Non. Non. Elle ne veut rien.

— Et les autres ?

— Ils ont commandé encore une dizaine de bouteilles de Krug.

Heurteur a haussé les épaules.

— Ça ne me regarde pas.

Et Sonachitzé qui n'avait prêté aucune attention à la « mariée » ni à ce qu'il disait me répétait :

— Alors... Stioppa... Vous vous souvenez de Stioppa ?

Il était si agité que j'ai fini par lui répondre, avec un sourire que je voulais mystérieux :

— Oui, oui. Un peu...

Il s'est tourné vers Heurteur et lui a dit, d'un ton solennel :

— Il se souvient de Stioppa.

— C'est bien ce que je pensais.

Le garçon en veste blanche demeurait immobile devant Heurteur, l'air embarrassé.

— Monsieur, je crois qu'ils vont utiliser les chambres... Qu'est-ce qu'il faut faire ?

— Je m'en doutais, a dit Heurteur, que cette noce finirait mal... Eh bien, mon vieux, laissons faire. Ça ne nous regarde pas...

La mariée, là-bas, restait immobile à sa table. Et elle avait croisé les bras.

— Je me demande pourquoi elle reste là toute seule, a dit Heurteur. Enfin, ça ne nous regarde absolument pas.

Et il faisait un geste du revers de la main, comme pour chasser une mouche.

— Revenons à nos moutons, a-t-il dit. Vous admettez donc avoir connu Stioppa ?

— Oui, ai-je soupiré.

— Par conséquent vous apparteniez à la même bande... Une sacrée joyeuse bande, hein, Paul ?...

— Oh... ! Ils ont tous disparu, a dit Sonachitzé d'une voix lugubre. Sauf vous, monsieur... Je suis ravi d'avoir pu vous... vous « localiser »... Vous apparteniez à la bande de Stioppa... Je vous félicite... C'était une époque beaucoup plus belle que la nôtre, et surtout les gens étaient de meilleure qualité qu'aujourd'hui...

— Et surtout, nous étions plus jeunes, a dit Heurteur en riant.

— Ça remonte à quand ? leur ai-je demandé, le cœur battant.

— Nous sommes brouillés avec les dates, a dit Sonachitzé. De toute façon, cela remonte au déluge...

Il était accablé, brusquement.

— Il y a parfois des coïncidences, a dit Heurteur.

Et il se leva, se dirigea vers un petit bar, dans un coin de la pièce, et nous rapporta un journal dont il feuilleta les pages. Enfin, il me tendit le journal en me désignant l'annonce suivante :

« On nous prie d'annoncer le décès de Marie de Resen, survenu le 25 octobre dans sa quatre-vingt-douzième année.

« De la part de sa fille, de son fils, de ses petits-fils, neveux et petits-neveux.

« Et de la part de ses amis Georges Sacher et Stioppa de Djagoriew.

« La cérémonie religieuse, suivie de l'inhumation au cimetière de Sainte-Geneviève-des-Bois, aura lieu le 4 novembre à 16 heures en la chapelle du cimetière.

« L'office du 9ᵉ jour sera célébré le 5 novembre en l'église orthodoxe russe, 19, rue Claude-Lorrain, Paris XVIᵉ.

« Le présent avis tient lieu de faire-part. »

— Alors, Stioppa est vivant ? a dit Sonachitzé. Vous le voyez encore ?

— Non, ai-je dit.

— Vous avez raison. Il faut vivre au présent. Jean, tu nous sers un alcool ?

— Tout de suite.

A partir de ce moment, ils ont paru se désintéresser tout à fait de Stioppa et de mon passé. Mais cela n'avait aucune importance, puisque je tenais enfin une piste.

— Vous pouvez me laisser ce journal ? ai-je demandé avec une feinte indifférence.

— Bien sûr, a dit Heurteur.

Nous avons trinqué. Ainsi, de ce que j'avais été jadis, il ne restait plus qu'une silhouette dans la mémoire de deux barmen, et encore était-elle à moitié cachée par celle d'un certain Stioppa de Djagoriew. Et de ce Stioppa, ils n'avaient pas eu de nouvelles « depuis le déluge », comme disait Sonachitzé.

— Donc, vous êtes détective privé ? m'a demandé Heurteur.

— Plus maintenant. Mon patron vient de prendre sa retraite.

— Et vous ? Vous continuez ?

J'ai haussé les épaules, sans répondre.

— En tout cas, je serais ravi de vous revoir. Revenez ici quand vous voudrez.

Il s'était levé et nous tendait la main.

— Excusez-moi... Je vous mets à la porte mais j'ai encore de la comptabilité à faire... Et les autres, avec leur partouze...

Il fit un geste en direction de l'étang.

— Au revoir, Jean.

— Au revoir, Paul.

Heurteur me regardait pensivement. D'une voix très lente :

— Maintenant que vous êtes debout, vous me rappelez autre chose...

— Il te rappelle quoi ? demanda Sonachitzé.

— Un client qui rentrait tous les soirs très tard quand nous travaillions à l'hôtel Castille...

Sonachitzé à son tour me considérait de la tête aux pieds.

— C'est possible après tout, me dit-il, que vous soyez un ancien client de l'hôtel Castille...

J'ai eu un sourire embarrassé.

Sonachitzé m'a pris le bras et nous avons traversé la salle du restaurant, encore plus obscure qu'à notre arrivée. La mariée en robe bleu pâle ne se trouvait plus à sa table. Dehors, nous avons entendu des bouffées de musique et des rires qui venaient de l'autre côté de l'étang.

— S'il vous plaît, ai-je demandé à Sonachitzé, pouvez-vous me rappeler quelle était la chanson que réclamait toujours ce... ce...

— Ce Stioppa ?

28

— Oui.

Il s'est mis à siffler les premières mesures. Puis il s'est arrêté.

— Vous allez revoir Stioppa ?

— Peut-être.

Il m'a serré le bras très fort.

— Dites-lui que Sonachitzé pense encore souvent à lui.

Son regard s'attardait sur moi :

— Au fond, Jean a peut-être raison. Vous étiez un client de l'hôtel Castille... Essayez de vous rappeler... l'hôtel Castille, rue Cambon...

J'ai détourné la tête et ouvert la portière de la voiture. Quelqu'un était blotti sur le siège avant, le front appuyé contre la vitre. Je me suis penché et j'ai reconnu la mariée. Elle dormait, sa robe bleu pâle relevée jusqu'à mi-cuisses.

— Il faut la sortir de là, m'a dit Sonachitzé.

Je l'ai secouée doucement mais elle dormait toujours. Alors, je l'ai prise par la taille et je suis parvenu à la tirer hors de la voiture.

— On ne peut quand même pas la laisser par terre, ai-je dit.

Je l'ai portée dans mes bras jusqu'à l'auberge. Sa tête avait basculé sur mon épaule et ses cheveux blonds me caressaient le cou. Elle avait un parfum poivré qui me rappelait quelque chose. Mais quoi ?

III

Il était six heures moins le quart. J'ai proposé au chauffeur de taxi de m'attendre dans la petite rue Charles-Marie-Widor et j'ai suivi celle-ci à pied jusqu'à la rue Claude-Lorrain où se trouvait l'église russe.

Un pavillon d'un étage dont les fenêtres avaient des rideaux de gaze. Du côté droit, une allée très large. J'étais posté sur le trottoir d'en face.

D'abord je vis deux femmes qui s'arrêtèrent devant la porte du pavillon, du côté de la rue. L'une était brune avec des cheveux courts et un châle de laine noire ; l'autre, une blonde, très maquillée, arborait un chapeau gris dont la forme était celle des chapeaux de mousquetaires. Je les entendais parler en français.

D'un taxi s'extrayait un vieil homme corpulent, le crâne complètement chauve, de grosses poches sous des yeux bridés de Mongol. Il s'engageait dans l'allée.

A gauche, venant de la rue Boileau, un groupe de

cinq personnes s'avançait vers moi. En tête, deux femmes d'âge mûr soutenaient un vieillard par les bras, un vieillard si blanc et si fragile qu'il donnait l'impression d'être en plâtre séché. Suivaient deux hommes qui se ressemblaient, le père et le fils, certainement, chacun habillé d'un costume gris à rayures de coupe élégante, le père, l'apparence d'un bellâtre, le fils les cheveux blonds et ondulés. Au même moment, une voiture freinait à hauteur du groupe et en descendait un autre vieillard raide et preste, enveloppé d'une cape de loden et dont les cheveux gris étaient coiffés en brosse. Il avait une allure militaire. Était-ce Stioppa ?

Ils entraient tous dans l'église par une porte latérale, au fond de l'allée. J'aurais voulu les suivre mais ma présence parmi eux attirerait leur attention. J'éprouvais une angoisse de plus en plus grande à l'idée que je risquais de ne pas identifier Stioppa.

Une automobile venait de se garer un peu plus loin, sur la droite. Deux hommes en sortaient, puis une femme. L'un des hommes était très grand et portait un pardessus bleu marine. Je traversai la rue et les attendis.

Ils se rapprochent, se rapprochent. Il me semble que l'homme de haute taille me dévisage avant de s'engager dans l'allée avec les deux autres. Derrière les fenêtres à vitraux qui donnent sur l'allée, des cierges brûlent. Il s'incline pour franchir la porte, beaucoup trop basse pour lui, et j'ai la certitude que c'est Stioppa.

Le moteur du taxi marchait mais il n'y avait plus personne au volant. L'une des portières était entrouverte comme si le chauffeur allait revenir d'un instant à l'autre. Où pouvait-il être ? J'ai regardé autour de moi et j'ai décidé de faire le tour du pâté de maisons, à sa recherche.

Je l'ai trouvé dans un café tout proche, rue Chardon-Lagache. Il était assis à une table devant un bock.

— Vous en avez encore pour longtemps ? m'a-t-il dit.

— Oh... pour vingt minutes.

Un blond à la peau blanche, avec de grosses joues et des yeux bleus saillants. Je crois n'avoir jamais vu un homme dont les lobes d'oreilles fussent aussi charnus.

— Ça ne fait rien si je fais tourner le compteur ?

— Ça ne fait rien, ai-je dit.

Il a souri gentiment.

— Vous n'avez pas peur qu'on vole votre taxi ?

Il a haussé les épaules.

— Vous savez...

Il a commandé un sandwich aux rillettes et il le mangeait consciencieusement en me fixant d'un œil morne.

— Vous attendez quoi, au juste ?

— Quelqu'un qui doit sortir de l'église russe, un peu plus loin.

32

— Vous êtes russe ?

— Non.

— C'est idiot... vous auriez dû lui demander à quelle heure il sortait... Ça vous aurait coûté moins cher...

— Tant pis.

Il a commandé un autre bock.

— Vous pouvez m'acheter un journal ? m'a-t-il dit.

Il a esquissé le geste de chercher dans sa poche des pièces de monnaie mais je l'ai retenu.

— Je vous en prie...

— Merci. Vous me rapportez *Le Hérisson*. Encore merci, hein...

J'ai erré longtemps avant de découvrir un marchand de journaux avenue de Versailles. *Le Hérisson* était une publication dont le papier avait une teinte d'un vert crémeux.

Il le lisait en fronçant les sourcils et en tournant les pages après s'être mouillé l'index d'un coup de langue. Et moi je regardais ce gros blond aux yeux bleus et à la peau blanche lire son journal vert.

Je n'osais pas interrompre sa lecture. Enfin, il a consulté son minuscule bracelet-montre.

— Il faut y aller.

Rue Charles-Marie-Widor, il s'est mis au volant de son taxi et je l'ai prié de m'attendre. De nouveau, je me suis posté devant l'église russe mais sur le trottoir opposé.

Personne. Peut-être étaient-ils déjà tous partis ? Alors je n'avais aucune chance de retrouver la trace

33

de Stioppa de Djagoriew, car ce nom ne figurait pas dans le Bottin de Paris. Les cierges brûlaient toujours derrière les fenêtres à vitraux, du côté de l'allée. Avais-je connu cette très vieille dame pour laquelle on célébrait l'office? Si je fréquentais Stioppa, il était probable qu'il m'eût présenté ses amis et sans doute cette Marie de Resen. Elle devait être beaucoup plus âgée que nous à l'époque.

La porte par laquelle ils étaient entrés et qui donnait accès à la chappelle où avait lieu la cérémonie, cette porte que je ne cessais de surveiller, s'ouvrit brusquement, et s'y encadra la femme blonde au chapeau de mousquetaire. La brune au châle noir suivait. Puis le père et le fils, avec leurs costumes gris à rayures, soutenant le vieillard en plâtre qui parlait au gros homme chauve, à tête de Mongol. Et celui-ci se penchait et collait presque son oreille à la bouche de son interlocuteur : la voix du vieillard en plâtre n'était certainement plus qu'un souffle. D'autres suivaient. Je guettais Stioppa, le cœur battant.

Il sortit enfin, parmi les derniers. Sa très haute taille et son manteau bleu marine me permettaient de ne pas le perdre de vue, car ils étaient très nombreux, au moins une quarantaine. La plupart avaient un certain âge, mais je remarquais quelques jeunes femmes et même deux enfants. Tous restaient dans l'allée et parlaient entre eux.

On aurait dit la cour de récréation d'une école de province. On avait assis le vieillard au teint de plâtre sur un banc, et ils venaient chacun leur tour le saluer. Qui était-il ? « Georges Sacher » mentionné dans le faire-part du journal ? Ou quelque ancien élève de l'École des Pages ? Peut-être lui et cette dame Marie de Resen avaient-ils vécu une brève idylle à Pétersbourg ou sur les bords de la mer Noire avant que tout s'écroulât ? Le gros chauve aux yeux mongols était très entouré lui aussi. Le père et le fils, dans leurs costumes gris à rayures, allaient de groupe en groupe, comme deux danseurs mondains de table en table. Ils paraissaient infatués d'eux-mêmes et le père de temps en temps riait en rejetant la tête en arrière, ce que je trouvais incongru.

Stioppa, lui, s'entretenait gravement avec la femme au chapeau gris de mousquetaire. Il la prenait par le bras et par l'épaule, d'un geste de respectueuse affection. Il avait dû être un très bel homme. Je lui donnais soixante-dix ans. Son visage était un peu empâté, son front dégarni, mais le nez assez fort et le port de tête me semblaient d'une grande noblesse. Telle était du moins mon impression, à distance.

Le temps passait. Il s'était écoulé près d'une demi-heure, et ils parlaient toujours. Je craignais que l'un d'eux finît par me remarquer, là, debout, sur le trottoir. Et le chauffeur de taxi ? Je rejoignis à grands pas la rue Charles-Marie-Widor. Le moteur marchait toujours et il était assis au volant, plongé dans son journal vert crème.

— Alors ? me demanda-t-il.

— Je ne sais pas, lui dis-je. Il faudra peut-être encore attendre une heure.

— Votre ami n'est pas encore sorti de l'église ?

— Si, mais il bavarde avec d'autres personnes.

— Et vous ne pouvez pas lui dire de venir ?

— Non.

Ses gros yeux bleus se fixèrent sur moi avec une expression inquiète.

— Ne vous en faites pas, lui dis-je.

— C'est pour vous... je suis obligé de laisser tourner le compteur...

Je regagnai mon poste, en face de l'église russe.

Stioppa avait progressé de quelques mètres. En effet, il ne se trouvait plus au fond de l'allée mais sur le trottoir, au centre d'un groupe formé par la femme blonde au chapeau de mousquetaire, la femme brune au châle noir, l'homme chauve aux yeux bridés de Mongol et deux autres hommes.

Cette fois-ci, je traversai la rue et je me plaçai à côté d'eux, en leur tournant le dos. Les éclats caressants des voix russes m'enveloppaient et ce timbre plus grave, plus cuivré que les autres, était-ce celui de la voix de Stioppa ? Je me retournai. Il étreignait longuement la femme blonde au chapeau de mousquetaire, il la secouait presque, et les traits de son visage se crispaient en un rictus douloureux. Puis il étreignit de la même façon le gros chauve aux yeux bridés, et les autres, chacun leur tour. Le moment du départ, pensai-je. Je courus jusqu'au taxi, me jetai sur la banquette.

— Vite... tout droit... devant l'église russe...

Stioppa continuait à leur parler.

— Qu'est-ce que je fais ? me demanda le chauffeur.

— Vous voyez le grand type en bleu marine ?

— Oui.

— Il va falloir le suivre, s'il est en voiture.

Le chauffeur se retourna, me dévisagea et ses yeux bleus saillaient.

— Monsieur, j'espère que ce n'est pas dangereux ?

— Ne vous inquiétez pas, lui dis-je.

Stioppa se détachait du groupe, faisait quelques pas et, sans se retourner, agitait le bras. Les autres, figés, le regardaient s'éloigner. La femme au chapeau gris de mousquetaire se tenait légèrement en avant du groupe, cambrée, telle une figure de proue, la grande plume de son chapeau doucement caressée par le vent.

Il mit du temps à ouvrir la portière de sa voiture. Je crois qu'il se trompait de clé. Quand il fut au volant, je me penchai vers le chauffeur de taxi.

— Vous suivez la voiture dans laquelle est entré le type en bleu marine.

Et je souhaitais de ne pas me lancer sur une fausse piste car rien n'indiquait vraiment que cet homme fût bien Stioppa de Djagoriew.

IV

Il n'était pas très difficile de le suivre : il conduisait lentement. Porte Maillot, il brûla un feu rouge et le chauffeur de taxi n'osa pas l'imiter. Mais nous le rattrapâmes boulevard Maurice-Barrès. Nos deux voitures se retrouvèrent côte à côte devant un passage clouté. Il me jeta un regard distrait comme le font les automobilistes qui sont flanc contre flanc dans un embouteillage.

Il gara sa voiture boulevard Richard-Wallace, devant les derniers immeubles, proches du pont de Puteaux et de la Seine. Il s'engagea dans le boulevard Julien-Potin et je réglai le taxi.

— Bonne chance, monsieur, me dit le chauffeur. Soyez prudent...

Et je devinai qu'il m'accompagnait du regard quand je m'engageai à mon tour dans le boulevard Julien-Potin. Peut-être avait-il peur pour moi.

La nuit tombait. Une voie étroite bordée d'immeubles impersonnels d'entre les deux guerres, et cela dessinait une seule et longue façade, de chaque côté, et d'un bout à l'autre de ce boulevard Julien-Potin. Stioppa me précédait d'une dizaine de mètres. Il tourna à droite, rue Ernest-Deloison, et entra dans une épicerie.

Le moment venait de l'aborder. C'était extrêmement difficile pour moi, à cause de ma timidité, et je craignais qu'il ne me prît pour un fou : je bredouillerais, je lui tiendrais des propos décousus. A moins qu'il me reconnût tout de suite et alors je le laisserais parler.

Il sortait de l'épicerie, un sac en papier à la main.

— Monsieur Stioppa de Djagoriew ?

Il eut vraiment l'air surpris. Nos têtes étaient à la même hauteur, ce qui m'intimidait encore plus.

— Lui-même. Mais qui êtes-vous ?

Non, il ne me reconnaissait pas. Il parlait le français sans accent. Il fallait être courageux.

— Je... je voulais vous voir depuis... longtemps...

— Et pourquoi, monsieur ?

— J'écris... j'écris un livre sur l'Émigration... Je...

— Vous êtes russe ?

C'était la seconde fois qu'on me posait cette question. Le chauffeur de taxi me l'avait posée lui aussi. Au fond, peut-être l'avais-je été, russe.

— Non.

— Et vous vous intéressez à l'Émigration ?

— Je... Je... j'écris un livre sur l'Émigration. C'est... C'est... quelqu'un qui m'a conseillé d'aller vous voir... Paul Sonachitzé...

— Sonachitzé?...

Il prononçait à la russe. C'était très doux : le bruissement du vent dans les feuillages.

— Un nom géorgien... Je ne connais pas...

Il fronçait les sourcils.

— Sonachitzé... non...

— Je ne voudrais pas vous déranger, monsieur. Juste vous poser quelques questions.

— Mais ce serait avec le plus grand plaisir...

Il souriait, d'un sourire triste.

— Un sujet tragique, l'Émigration... Mais comment se fait-il que vous m'appeliez Stioppa?...

— Je... ne... je...

— La plupart des gens qui m'appelaient Stioppa sont morts. Les autres doivent se compter sur les doigts d'une main.

— C'est... ce Sonachitzé...

— Connais pas.

— Je pourrais... vous... poser... quelques questions?

— Oui. Voulez-vous venir chez moi? Nous parlerons.

Boulevard Julien-Potin, après avoir passé une porte cochère, nous traversâmes un square bordé de blocs d'immeubles. Nous prîmes un ascenseur de bois avec une porte à double battant munie d'un grillage. Et nous devions, à cause de nos tailles et de l'exiguïté de l'ascenseur, tenir nos têtes inclinées et tournées chacune du côté de la paroi, pour ne pas nous toucher du front.

Il habitait au cinquième étage un appartement

composé de deux pièces. Il me reçut dans sa chambre et s'allongea sur le lit.

— Excusez-moi, me dit-il. Mais le plafond est trop bas. On étouffe quand on est debout.

En effet, il n'y avait que quelques centimètres entre ce plafond et le haut de mon crâne et j'étais obligé de me baisser. D'ailleurs, lui et moi, nous avions une tête de trop pour franchir l'embrasure de la porte de communication et j'ai imaginé qu'il s'y était souvent blessé le front.

— Vous aussi, allongez-vous... si vous voulez... Il me désignait un petit divan de velours vert clair, près de la fenêtre.

— Ne vous gênez pas... vous serez beaucoup mieux allongé... Même assis, on se croit dans une cage trop petite... Si, si... allongez-vous...

Je m'allongeai.

Il avait allumé une lampe à abat-jour rose saumon qui se trouvait sur sa table de chevet et cela faisait un foyer de lumière douce et des ombres au plafond.

— Alors, vous vous intéressez à l'Émigration ?
— Beaucoup.
— Mais pourtant, vous êtes encore jeune...

Jeune ? Je n'avais jamais pensé que je pouvais être jeune. Un grand miroir avec un cadre doré était accroché au mur, tout près de moi. J'ai regardé mon visage. Jeune ?

— Oh... je ne suis pas si jeune que cela...

Il y eut un moment de silence. Allongés tous deux

de chaque côté de la pièce, nous ressemblions à des fumeurs d'opium.

— Je reviens d'un service funèbre, me dit-il. Dommage que vous n'ayez pas rencontré cette très vieille femme qui est morte... Elle aurait pu vous raconter des tas de choses... C'était une des personnalités les plus remarquables de l'Émigration...

— Ah bon ?

— Une femme très courageuse. Au début, elle avait créé un petit salon de thé, rue du Mont-Thabor, et elle aidait tout le monde... C'était très difficile...

Il s'assit sur le rebord du lit, le dos voûté, les bras croisés.

— J'avais quinze ans à l'époque... Si je fais le compte, il ne reste plus grand monde...

— Il reste... Georges Sacher..., dis-je au hasard.

— Plus pour très longtemps. Vous le connaissez ?

Était-ce le vieillard en plâtre ? Ou le gros chauve à tête de Mongol ?

— Écoutez, me dit-il. Je ne peux plus parler de tout ça... Ça me rend trop triste... Je peux simplement vous montrer des photos... Il y a les noms et les dates derrière... vous vous débrouillerez...

— Vous êtes vraiment gentil de vous donner tant de mal.

Il me sourit.

— J'ai des tas de photos... J'ai mis les noms et les dates derrière parce qu'on oublie tout...

42

Il se leva et, en se courbant, passa dans la pièce voisine.

Je l'entendis ouvrir un tiroir. Il revint, une grande boîte rouge à la main, s'assit par terre, et appuya son dos au rebord du lit.

— Venez vous mettre à côté de moi. Ce sera plus pratique pour regarder les photos.

Je m'exécutai. Le nom d'un confiseur était gravé en lettres gothiques sur le couvercle de la boîte. Il l'ouvrit. Elle était pleine de photos.

— Vous avez là-dedans, me dit-il, les principales figures de l'Émigration.

Il me passait les photos une par une en m'annonçant le nom et la date qu'il avait lus au verso, et c'était une litanie à laquelle les noms russes donnaient une sonorité particulière, tantôt éclatante comme un bruit de cymbales, tantôt plaintive ou presque étouffée. Troubetskoï. Orbeliani. Cheremeteff. Galitzine. Eristoff. Obolensky. Bagration. Tchavtchavadzé... Parfois, il me reprenait une photo, consultait à nouveau le nom et la date. Photos de fête. La table du grand-duc Boris à un gala du Château-Basque, bien après la Révolution. Et cette floraison de visages sur la photo d'un dîner « blanc et noir » de 1914... Photos d'une classe du lycée Alexandre de Pétersbourg.

— Mon frère aîné...

Il me passait les photos de plus en plus vite et ne les regardait même plus. Apparemment, il avait hâte d'en finir. Soudain je m'arrêtai sur l'une d'elles, d'un papier plus épais que les autres et au dos de laquelle il n'y avait aucune indication.

— Alors? me demanda-t-il, quelque chose vous intrigue, monsieur?

Au premier plan, un vieil homme, raide et souriant, assis sur un fauteuil. Derrière lui, une jeune femme blonde aux yeux très clairs. Tout autour, de petits groupes de gens dont la plupart étaient de dos. Et vers la gauche, le bras droit coupé par le bord de la photo, la main sur l'épaule de la jeune femme blonde, un homme très grand, en complet prince-de-galles, environ trente ans, les cheveux noirs, une moustache fine. Je crois vraiment que c'était moi.

Je me suis rapproché de lui. Nos dos étaient appuyés au rebord du lit, nos jambes allongées par terre, nos épaules se touchaient.

— Dites-moi qui sont ces gens-là? lui ai-je demandé.

Il a pris la photo et l'a regardée d'un air las.

— Lui, c'était Giorgiadzé...

Et il me désignait le vieux, assis sur le fauteuil.

— Il a été au consulat de Géorgie à Paris, jusqu'à ce que...

Il ne finissait pas sa phrase comme si je devais comprendre *la* suite instantanément.

— Elle, c'était sa petite-fille... On l'appelait Gay... Gay Orlow... Elle avait émigré avec ses parents en Amérique...

— Vous l'avez connue?

44

— Pas très bien. Non. Elle est restée longtemps en Amérique.

— Et lui ? ai-je demandé d'une voix blanche, en me désignant sur la photo.

— Lui ?

Il fronçait les sourcils.

— Lui... Je ne le connais pas.

— Vraiment ?

— Non.

J'ai respiré un grand coup.

— Vous ne trouvez pas qu'il me ressemble ?

Il m'a regardé.

— Qu'il vous ressemble ? Non. Pourquoi ?

— Pour rien.

Il me tendait une autre photo.

— Tenez... le hasard fait bien les choses...

C'était la photo d'une fillette en robe blanche, avec de longs cheveux blonds, et elle avait été prise dans une station balnéaire puisqu'on voyait des cabines, un morceau de plage et de mer. Au verso, on avait écrit à l'encre violette : « Galina Orlow — Yalta. »

— Vous voyez... c'est la même... Gay Orlow... Elle s'appelait Galina... Elle n'avait pas encore son prénom américain...

Et il me désignait la jeune femme blonde de l'autre photo que je tenais toujours.

— Ma mère gardait toutes ces choses...

Il s'est levé brusquement.

— Ça ne vous fait rien si nous arrêtons ? J'ai la tête qui tourne...

Il se passait une main sur le front.

— Je vais me changer... Si vous voulez, nous pouvons dîner ensemble...

Je restai seul, assis par terre, les photos éparses autour de moi. Je les rangeai dans la grande boîte rouge et n'en gardai que deux que je posai sur le lit : la photo où je figurais près de Gay Orlow et du vieux Giorgiadzé et celle de Gay Orlow enfant, à Yalta. Je me levai et allai à la fenêtre.

Il faisait nuit. Un autre square bordé d'immeubles. Au fond, la Seine et à gauche, le pont de Puteaux. Et l'île, qui s'étirait. Des files de voitures traversaient le pont. Je regardais toutes ces façades et toutes ces fenêtres, les mêmes que celle derrière laquelle je me tenais. Et j'avais découvert, dans ce dédale d'escaliers et d'ascenseurs, parmi ces centaines d'alvéoles, un homme qui peut-être...

J'avais collé mon front à la vitre. En bas, chaque entrée d'immeuble était éclairée d'une lumière jaune qui brillerait toute la nuit.

— Le restaurant est à côté, me dit-il.

Je pris les deux photos que j'avais laissées sur le lit.

— Monsieur de Djagoriew, lui dis-je, auriez-vous l'obligeance de me prêter ces deux photos ?

— Je vous les donne.

Il me désigna la boîte rouge.

46

— Je vous donne toutes les photos.

— Mais... Je...

— Prenez.

Le ton était si impératif que je ne pus que m'exécuter. Quand nous quittâmes l'appartement. j'avais la grande boîte sous le bras.

Au bas de l'immeuble, nous suivîmes le quai du Général-Kœnig.

Nous descendîmes un escalier en pierre, et là, tout au bord de la Seine, il y avait un bâtiment de briques. Au-dessus de la porte, une enseigne : « Bar Restaurant de l'Ile. » Nous entrâmes. Une salle, basse de plafond, avec des tables aux nappes de papier blanc, et des fauteuils d'osier. Par les fenêtres, on voyait la Seine et les lumières de Puteaux. Nous nous assîmes au fond. Nous étions les seuls clients.

Stioppa fouilla dans sa poche et posa au milieu de la table le paquet que je lui avais vu acheter à l'épicerie.

— Comme d'habitude ? lui demanda le garçon.

— Comme d'habitude.

— Et monsieur ? demanda le garçon en me désignant.

— Monsieur mangera la même chose que moi.

Le garçon nous servit très vite deux assiettes de harengs de la Baltique et nous versa dans des verres aux dimensions de dés à coudre de l'eau minérale. Stioppa sortit du paquet, qui était au milieu de la table, des concombres que nous partageâmes.

— Ça vous va ? me demanda-t-il.

— Oui.

J'avais posé la boîte rouge sur une chaise, à côté de moi.

— Vous ne voulez vraiment pas garder tous ces souvenirs ? lui demandai-je.

— Non. Ils sont à vous maintenant. Je vous passe le flambeau.

Nous mangions en silence. Une péniche glissait, si proche, que j'eus le temps de voir dans le cadre de la fenêtre ses occupants, autour d'une table, qui dînaient eux aussi.

— Et cette... Gay Orlow ? lui dis-je. Vous savez ce qu'elle est devenue ?

— Gay Orlow ? Je crois qu'elle est morte.

— Morte ?

— Il me semble. J'ai dû la rencontrer deux ou trois fois... Je la connaissais à peine... C'était ma mère qui était une amie du vieux Giorgiadzé. Un peu de concombre ?

— Merci.

— Je crois qu'elle a mené une vie très agitée en Amérique...

— Et vous ne savez pas qui pourrait me renseigner sur cette... Gay Orlow ?

Il m'a jeté un regard attendri.

— Mon pauvre ami... personne... Peut-être quelqu'un, en Amérique...

Une autre péniche est passée, noire, lente, comme abandonnée.

— Moi, je prends toujours une banane pour le dessert, m'a-t-il dit. Et vous ?

48

— Moi aussi.

Nous avons mangé nos bananes.

— Et les parents de cette... Gay Orlow ? ai-je demandé.

— Ils ont dû mourir en Amérique. On meurt partout, vous savez...

— Giorgiadzé n'avait pas d'autre famille en France ?

Il a haussé les épaules.

— Mais pourquoi vous intéressez-vous tellement à Gay Orlow ? C'était votre sœur ?

Il me souriait gentiment.

— Un café ? m'a-t-il demandé.

— Non merci.

— Moi non plus.

Il a voulu régler l'addition, mais je l'ai devancé. Nous sommes sortis du restaurant « de l'Ile » et il m'a pris le bras pour monter l'escalier du quai. Le brouillard s'était levé, un brouillard à la fois tendre et glacé, qui vous emplissait les poumons d'une telle fraîcheur que vous aviez la sensation de flotter dans l'air. Sur le trottoir du quai, je distinguais à peine les blocs d'immeubles, à quelques mètres.

Je l'ai guidé comme s'il était un aveugle jusqu'au square autour duquel les entrées des escaliers faisaient des taches jaunes et constituaient les seuls points de repère. Il m'a serré la main.

— Essayez de retrouver Gay Orlow quand même, m'a-t-il dit. Puisque vous y tenez tellement...

Je l'ai vu qui entrait dans le vestibule éclairé de

l'immeuble. Il s'est arrêté et m'a fait un geste de la main. Je restais immobile, la grande boîte rouge sous le bras, comme un enfant qui revient d'un goûter d'anniversaire, et j'étais sûr à ce moment-là qu'il me disait encore quelque chose mais que le brouillard étouffait le son de sa voix.

V

Sur la carte postale, la Promenade des Anglais, et c'est l'été.

Mon cher Guy, j'ai bien reçu votre lettre. Ici, les jours se ressemblent tous, mais Nice est une très belle ville. Il faudrait que vous y veniez me rendre visite. Curieusement, il m'arrive de rencontrer au détour d'une rue telle personne que je n'avais pas vue depuis trente ans, ou telle autre que je croyais morte. Nous nous effrayons entre nous. Nice est une ville de revenants et de spectres, mais j'espère n'en pas faire partie tout de suite.

Pour cette femme que vous recherchez, le mieux serait de téléphoner à Bernardy, Mac Mahon 00-08. Il a gardé des liens très étroits avec les gens des différents services. Il se fera un plaisir de vous renseigner.

En attendant de vous voir à Nice, mon cher Guy,
je suis votre très dévoué et attentif

Hutte.

P.-S. Vous savez que les locaux de l'Agence sont
à votre disposition.

VI

Le 23 octobre 1965

Objet : ORLOW, Galina, dite « Gay » ORLOW.

Née à : Moscou (Russie), en 1914 de Kyril ORLOW et Irène GIORGIADZÉ.

Nationalité : apatride. (Les parents de Mlle Orlow et elle-même, en leur qualité de réfugiés russes, n'étaient pas reconnus par le Gouvernement de l'Union des Républiques soviétiques socialistes comme leurs ressortissants.) Mlle Orlow avait une carte de résident ordinaire. Mlle Orlow serait arrivée en France en 1936, venant des États-Unis.

Aux U.S.A. elle a contracté mariage avec un M. Waldo Blunt, puis divorcé.

Mlle Orlow a résidé successivement :

Hôtel Chateaubriand, 18, rue du Cirque, à Paris (8e)

56, avenue Montaigne, à Paris (8e)

25, avenue du Maréchal-Lyautey à Paris (16e)

Avant de venir en France, Mlle Orlow aurait été danseuse aux États-Unis.

A Paris, on ne lui connaissait aucune source de revenus, bien qu'elle menât une vie luxueuse.

Mlle Orlow est décédée en 1950 en son domicile, 25, avenue du Maréchal-Lyautey à Paris (16e), d'une dose trop forte de barbituriques.

M. Waldo Blunt, son ex-mari, réside à Paris depuis 1952 et a exercé dans divers établissements nocturnes la profession de pianiste. Il est citoyen américain.

Né le 30 septembre 1910 à Chicago.

Carte de séjour n° 534HC828.

Jointe à cette fiche dactylographiée une carte de visite au nom de Jean-Pierre Bernardy, avec ces mots :

« Voilà tous les renseignements disponibles. Mes meilleurs souvenirs. Amitiés à Hutte. »

VII

Sur la porte vitrée, une affiche annonçait que le
« Pianiste Waldo Blunt jouait chaque jour de dix-
huit heures à vingt et une heures au bar de l'hôtel
Hilton ».

La bar était bondé et il n'y avait aucune place,
sauf un fauteuil vide à la table d'un Japonais qui
portait des lunettes cerclées d'or. Il ne me comprit
pas lorsque je me penchai vers lui pour lui demander la permission de m'asseoir, et quand je le fis, il
n'y prêta aucune attention.

Des clients, américains ou japonais, entraient,
s'interpellaient et parlaient de plus en plus fort. Ils
stationnaient entre les tables. Quelques-uns avaient
un verre à la main et prenaient appui sur les dossiers
ou les bras des fauteuils. Une jeune femme était
même perchée sur les genoux d'un homme aux
cheveux gris.

Waldo Blunt arriva avec un quart d'heure de
retard et se mit au piano. Un petit homme grassouillet au front dégarni et à la moustache fine. Il était

vêtu d'un costume gris. D'abord il tourna la tête et jeta un regard circulaire sur les tables autour desquelles les gens se pressaient. Il caressa de la main droite le clavier de son piano et commença à plaquer quelques accords au hasard. J'avais la chance de me trouver à l'une des tables les plus proches de lui.

Il entama un air, qui était, je crois : *Sur les quais du vieux Paris,* mais le bruit des voix et des éclats de rire rendait la musique à peine audible, et moi-même, placé tout près du piano, je ne parvenais pas à capter toutes les notes. Il continuait, imperturba-ble, le buste droit, la tête penchée. J'avais de la peine pour lui : je me disais qu'à une période de sa vie, on l'avait écouté quand il jouait du piano. Depuis, il avait dû s'habituer à ce bourdonnement perpétuel qui étouffait sa musique. Que dirait-il, quand je prononcerais le nom de Gay Orlow ? Ce nom le sortirait-il un moment de l'indifférence avec laquelle il poursuivait son morceau ? Ou n'évoque-rait-il plus rien pour lui, comme ces notes de piano noyées sous le brouhaha des conversations ?

Le bar s'était vidé, peu à peu. Il ne restait que le Japonais aux lunettes cerclées d'or, moi, et tout au fond, la jeune femme que j'avais vue sur les genoux de l'homme aux cheveux gris, et qui était mainte-nant assise à côté d'un gros rougeaud au costume bleu clair. Ils parlaient allemand. Et très fort. Waldo Blunt jouait un air lent que je connaissais bien.

Il se tourna vers nous.

— Voulez-vous que je joue quelque chose de particulier, mesdames, messieurs ? demanda-t-il d'une voix froide où perçait un léger accent américain.

Le Japonais, à côté de moi, ne réagit pas. Il était immobile, le visage lisse, et je craignis de le voir basculer de son fauteuil au moindre courant d'air, car il s'agissait certainement d'un cadavre embaumé.

— *Sag warum*, s'il vous plaît, lança la femme du fond, d'une voix rauque.

Blunt eut un petit hochement de tête et commença à jouer *Sag warum*. La lumière du bar baissa, comme dans certains dancings aux premières mesures d'un slow. Ils en profitaient pour s'embrasser et la main de la femme glissait dans l'échancrure de la chemise du gros rougeaud, puis plus bas. Les lunette cerclées d'or du Japonais jetaient de brèves lueurs. Devant son piano, Blunt avait l'air d'un automate qui tressautait : l'air de *Sag warum* exige qu'on plaque sans cesse des accords sur le clavier.

A quoi pensait-il, tandis que derrière lui un gros rougeaud caressait la cuisse d'une femme blonde et qu'un Japonais embaumé se tenait sur un fauteuil de ce bar du Hilton depuis plusieurs jours ? Il ne pensait à rien, j'en étais sûr. Il flottait dans une torpeur de plus en plus opaque. Avais-je le droit de le tirer brusquement de cette torpeur, et de réveiller chez lui quelque chose de douloureux ?

Le gros rougeaud et la blonde quittèrent le bar pour aller prendre une chambre, certainement.

L'homme la tirait par le bras et elle manqua de
trébucher. Il n'y avait plus que moi et le Japonais.
Blunt se tourna de nouveau vers nous et dit de sa
voix froide :

— Voulez-vous que je joue un autre air ?

Le Japonais ne sourcilla pas.

— *Que reste-t-il de nos amours*, s'il vous plaît,
monsieur, lui dis-je.

Il jouait cet air avec une lenteur étrange et la
mélodie semblait distendue, embourbée dans un
marécage d'où les notes avaient de la peine à se
dégager. De temps en temps il s'arrêtait de jouer
comme un marcheur épuisé et titubant. Il regarda
sa montre, se leva brusquement, et inclina la tête à
notre attention :

— Messieurs, il est vingt et une heures. Bonsoir.

Il sortit. Je lui emboîtai le pas, laissant le Japonais
embaumé dans la crypte du bar.

Il suivit le couloir et traversa le hall désert.

Je le rattrapai.

— Monsieur Waldo Blunt ?... Je voudrais vous
parler.

— A quel sujet ?

Il me lança un regard traqué.

— Au sujet de quelqu'un que vous avez connu...
Une femme qui s'appelait Gay. Gay Orlow...

Il se figea au milieu du hall.

— Gay...

Il écarquillait les yeux, comme si la lumière d'un
projecteur avait été braquée sur son visage.

— Vous... vous avez connu... Gay ?

— Non.

Nous étions sortis de l'hôtel. Une file d'hommes et de femmes en tenue de soirée aux couleurs criardes — robes longues de satin vert ou bleu ciel, et smokings grenat — attendait des taxis.

— Je ne voudrais pas vous déranger...

— Vous ne me dérangez pas, me dit-il d'un air préoccupé. Ça fait tellement longtemps que je n'ai pas entendu parler de Gay... Mais qui êtes vous ?

— Un cousin à elle. Je... J'aimerais avoir des détails à son sujet...

— Des détails ?

Il se frottait la tempe de l'index.

— Qu'est-ce que vous voulez que je vous dise ?

Nous avions pris une rue étroite qui longeait l'hôtel et menait jusqu'à la Seine.

— Il faut que je rentre chez moi, me dit-il.

— Je vous accompagne.

— Alors, vous êtes vraiment un cousin de Gay ?

— Oui. Nous voudrions avoir des renseignements sur elle, dans notre famille.

— Elle est morte depuis longtemps.

— Je sais.

Il marchait d'un pas rapide et j'avais de la peine à le suivre. J'essayais de demeurer à sa hauteur. Nous avions atteint le quai Branly.

— J'habite en face, me dit-il en désignant l'autre rive de la Seine.

Nous nous sommes engagés sur le pont de Bir-Hakeim.

— Je ne pourrai pas vous donner beaucoup de

renseignements, me dit-il. J'ai connu Gay il y a très longtemps.

Il avait ralenti son allure, comme s'il se sentait en sécurité. Peut-être avait-il marché vite jusque-là parce qu'il se croyait suivi. Ou pour me semer.

— Je ne savais pas que Gay avait de la famille, m'a-t-il dit.

— Si... si... du côté Giorgiadzé...

— Pardon ?

— La famille Giorgiadzé... Son grand-père s'appelait Giorgiadzé...

— Ah bon...

Il s'arrêta et vint s'appuyer contre le parapet de pierre du pont. Je ne pouvais pas l'imiter parce que cela me donnait le vertige. Alors je restais debout, devant lui. Il hésitait à parler.

— Vous savez que... j'ai été marié avec elle ?...

— Je sais.

— Comment le savez-vous ?

— C'était inscrit sur de vieux papiers.

— Nous passions ensemble dans une boîte de nuit, à New York... Je jouais du piano... Elle m'a demandé de se marier avec moi, uniquement parce qu'elle voulait rester en Amérique, et ne pas avoir de difficultés avec les services de l'immigration...

Il hochait la tête à ce souvenir.

— C'était une drôle de fille. Après, elle a fréquenté Lucky Luciano... Elle l'avait connu quand elle passait au casino de Palm Island...

— Luciano ?

— Oui, oui : Luciano... Elle se trouvait avec lui

quand il s'est fait arrêter, en Arkansas... Après, elle a rencontré un Français et j'ai su qu'elle était partie en France avec lui...

Son regard s'était éclairé. Il me souriait.

— Ça me fait plaisir, monsieur, de pouvoir parler de Gay...

Un métro, au-dessus de nous, est passé, en direction de la rive droite de la Seine. Puis un second, dans l'autre sens. Leur fracas a étouffé la voix de Blunt. Il me parlait, je le voyais aux mouvements de ses lèvres.

— ... La plus belle fille que j'ai connue...

Cette bribe de phrase que je parvins à saisir me causa un vif découragement. J'étais au milieu d'un pont, la nuit, avec un homme que je ne connaissais pas, essayant de lui arracher des détails qui me renseigneraient sur mon propre compte et le bruit des métros m'empêchait de l'entendre.

— Vous ne voulez pas que nous avancions un peu ?

Mais il était si absorbé qu'il ne me répondit pas. Cela faisait si longtemps, sans doute, qu'il n'avait pas pensé à cette Gay Orlow, que tous les souvenirs la concernant revenaient à la surface et l'étourdissaient comme une brise marine. Il restait là, appuyé contre le parapet du pont.

— Vous ne voulez vraiment pas que nous avancions ?

— Vous avez connu Gay ? Vous l'avez rencontrée ?

— Non. C'est justement pour ça que je voudrais avoir des détails.

— C'était une blonde... avec des yeux verts... Une blonde... très particulière... Comment vous dire ? Une blonde... cendrée...

Une blonde cendrée. Et qui a peut-être joué un rôle important dans ma vie. Il faudra que je regarde sa photo attentivement. Et peu à peu, tout reviendra. A moins qu'il ne finisse par me mettre sur une piste plus précise. C'était déjà une chance de l'avoir trouvé, ce Waldo Blunt.

Je lui ai pris le bras, car nous ne pouvions pas rester sur le pont. Nous suivions le quai de Passy.

— Vous l'avez revue en France ? lui demandai-je.

— Non. Quand je suis arrivé en France, elle était déjà morte. Elle s'est suicidée...

— Pourquoi ?

— Elle me disait souvent qu'elle avait peur de vieillir...

— Quand l'avez-vous vue pour la dernière fois ?

— Après l'histoire avec Luciano, elle a rencontré ce Français. Nous nous sommes vus quelquefois à ce moment-là...

— Vous l'avez connu, ce Français ?

— Non. Elle m'a dit qu'elle allait se marier avec lui pour obtenir la nationalité française... C'était son obsession d'avoir une nationalité...

— Mais vous étiez divorcés ?

— Bien sûr... Notre mariage a duré six mois...

Juste pour calmer les services de l'Immigration qui voulaient l'expulser des États-Unis...

Je me concentrais pour ne pas perdre le fil de son histoire. Il avait la voix très sourde.

— Elle est partie en France... Et je ne l'ai plus revue... Jusqu'à ce que j'apprenne... son suicide...

— Comment l'avez-vous su ?

— Par un ami américain qui avait connu Gay et qui était à Paris à l'époque. Il m'a envoyé une petite coupure de journal...

— Vous l'avez gardée ?

— Oui. Elle est certainement chez moi, dans un tiroir.

Nous arrivions à la hauteur des jardins du Trocadéro. Les fontaines étaient illuminées et il y avait beaucoup de circulation. Des touristes se groupaient devant les fontaines et sur le pont d'Iéna. Un samedi soir d'octobre, mais à cause de la tiédeur de l'air, des promeneurs et des arbres qui n'avaient pas encore perdu leurs feuilles, on aurait dit un samedi soir de printemps.

— J'habite un peu plus loin...

Nous avons dépassé les jardins et nous nous sommes engagés dans l'avenue de New-York. Là, sous les arbres du quai, j'ai eu l'impression désagréable de rêver. J'avais déjà vécu ma vie et je n'étais plus qu'un revenant qui flottait dans l'air tiède d'un samedi soir. Pourquoi vouloir renouer des liens qui avaient été sectionnés et chercher des passages murés depuis longtemps ? Et ce petit homme grassouillet et moustachu qui marchait à côté de moi, j'avais peine à le croire réel.

— C'est drôle, je me rappelle brusquement le nom du Français que Gay avait connu en Amérique...

Comment s'appelait-il ? demandai-je, d'une voix qui tremblait.

— Howard... C'était son nom... pas son prénom... Attendez... Howard de quelque chose...

Je m'arrêtai et me penchai vers lui.

— Howard de quoi ?...

— De... de... de Luz. L... U... Z... Howard de Luz... Howard de Luz... ce nom m'avait frappé... moitié anglais... moitié français... ou espagnol...

— Et le prénom ?

— Ça...

Il faisait un geste d'impuissance.

— Vous ne savez pas comment il était au physique ?

— Non.

Je lui montrerais la photo où Gay se trouvait avec le vieux Giorgiadzé et celui que je croyais être moi.

— Et quel métier exerçait-il, cet Howard de Luz ?

— Gay m'a dit qu'il appartenait à une famille de la noblesse... Il ne faisait rien.

Il eut un petit rire.

— Si... si... attendez... Ça me revient... Il avait fait un long séjour à Hollywood... Et là, Gay m'a dit qu'il était le confident de l'acteur John Gilbert...

— Le confident de John Gilbert ?

— Oui... A la fin de la vie de Gilbert...

Les automobiles roulaient vite avenue de New-York, sans qu'on entendît leur moteur, et cela augmentait l'impression de rêve que j'éprouvais. Elles filaient dans un bruit étouffé, fluide, comme si elles glissaient sur l'eau. Nous arrivions à la hauteur de la passerelle qui précède le pont de l'Alma. Howard de Luz. Il y avait une chance pour que ce fût mon nom. Howard de Luz. Oui, ces syllabes réveillaient quelque chose en moi, quelque chose d'aussi fugitif qu'un reflet de lune sur un objet. Si j'étais cet Howard de Luz, j'avais dû faire preuve d'une certaine originalité dans ma vie, puisque, parmi tant de métiers plus honorables et plus captivants les uns que les autres, j'avais choisi celui d'être « le confident de John Gilbert ».

Juste avant le Musée d'Art moderne, nous tournâmes dans une petite rue.

— J'habite ici, me dit-il.

La lumière de l'ascenseur ne marchait pas et la minuterie s'éteignit au moment où nous commencions à monter. Dans le noir, nous entendions des rires et de la musique.

L'ascenseur s'arrêta, et je sentis Blunt, à côté de moi, qui essayait de trouver la poignée de la porte du palier. Il l'ouvrit et je le bousculai en sortant de l'ascenseur, car l'obscurité était totale. Les rires et la musique venaient de l'étage où nous étions. Blunt tourna une clé dans une serrure.

Il avait laissé derrière nous la porte entrouverte et nous nous tenions au milieu d'un vestibule faiblement éclairé par une ampoule nue qui pendait du plafond. Blunt demeurait là, interdit. Je me demandai si je ne devais pas prendre congé. La musique était assourdissante. Venant de l'appartement une jeune femme rousse, qui portait un peignoir de bain blanc, apparut. Elle nous considéra l'un et l'autre, avec des yeux étonnés. Le peignoir, très lâche, laissait voir ses seins.

— Ma femme, me dit Blunt.

Elle me fit un léger signe de tête, et ramena des deux mains le col du peignoir contre son cou.

— Je ne savais pas que tu rentrais si tôt, dit-elle.

Nous restions tous les trois immobiles sous cette lumière qui coloriait les visages d'une teinte blafarde et je me tournai vers Blunt.

— Tu aurais pu me prévenir, lui dit-il.

— Je ne savais pas...

Une enfant prise en flagrant délit de mensonge. Elle baissa la tête. La musique assourdissante s'était tue, et lui succéda une mélodie, au saxophone, si pure qu'elle se diluait dans l'air.

— Vous êtes nombreux ? demanda Blunt.

— Non, non... quelques amis...

Une tête passa par l'entrebâillement de la porte, une blonde aux cheveux très courts et au rouge à lèvres clair, presque rose. Puis une autre tête, celle d'un brun à peau mate. La lumière de l'ampoule donnait à ces visages l'aspect de masques et le brun souriait.

— Il faut que je retourne avec mes amis... Reviens dans deux ou trois heures...

— Très bien, dit Blunt.

Elle quitta le vestibule précédée par les deux autres et referma la porte. On entendit des éclats de rire, et le bruit d'une poursuite. Puis, de nouveau, la musique assourdissante.

— Venez ! me dit Blunt.

Nous nous retrouvâmes dans l'escalier. Blunt alluma la minuterie et s'assit sur une marche. Il me fit signe de m'asseoir à côté de lui.

— Ma femme est beaucoup plus jeune que moi... Trente ans de différence... Il ne faut jamais épouser une femme beaucoup plus jeune que soi... Jamais...

Il avait posé une main sur mon épaule.

— Ça ne marche jamais... Il n'y a pas un seul exemple que ça marche... Retenez ça, mon vieux...

La minuterie s'éteignit. Apparemment Blunt n'avait aucune envie de la rallumer. Moi non plus, d'ailleurs.

— Si Gay me voyait...

Il éclata de rire, à cette pensée. Curieux rire, dans le noir.

— Elle ne me reconnaîtrait pas... J'ai pris au moins trente kilos, depuis...

Un éclat de rire, mais différent du précédent, plus nerveux, forcé.

— Elle serait très déçue... Vous vous rendez compte ? Pianiste dans un bar d'hôtel...

— Mais pourquoi déçue ?

— Et dans un mois, je serai au chômage...

Il me serrait le bras, à hauteur du biceps.

— Gay croyait que j'allais devenir le nouveau Cole Porter...

Des cris de femmes, brusquement Cela venait de l'appartement de Blunt.

— Qu'est-ce qui se passe ? lui dis-je.

— Rien, ils s'amusent.

La voix d'un homme qui hurlait : « Tu m'ouvres ? Tu m'ouvres, Dany ? » Des rires. Une porte qui claquait.

— Dany, c'est ma femme, me chuchota Blunt.

Il se leva et alluma la minuterie.

— Allons prendre l'air.

Nous traversâmes l'esplanade du Musée d'Art moderne et nous nous assîmes sur les marches. Je voyais passer les voitures, plus bas, le long de l'avenue de New-York, seul indice qu'il y eût encore de la vie. Tout était désert et figé autour de nous. Même la tour Eiffel que j'apercevais là-bas, de l'autre côté de la Seine, la tour Eiffel si rassurante d'habitude, ressemblait à une masse de ferrailles calcinées.

— On respire ici, dit Blunt.

En effet, un vent tiède soufflait sur l'esplanade, sur les statues qui faisaient des taches d'ombre et sur les grandes colonnes du fond.

— Je voudrais vous montrer des photos, dis-je à Blunt.

Je sortis de ma poche une enveloppe que j'ouvris et en tirai deux photos : celle où Gay Orlow se trouvait avec le vieux Giorgiadzé et l'homme en qui je croyais me reconnaître, et celle où elle était une petite fille. Je lui tendis la première photo.

— On ne voit rien ici, murmura Blunt.

Il actionna un briquet mais il dut s'y prendre à plusieurs reprises car le vent éteignait la flamme. Il couvrit celle-ci de la paume de sa main et approcha le briquet de la photo.

— Vous voyez un homme sur la photo ? lui dis-je. A gauche... A l'extrême gauche...

— Oui.

— Vous le connaissez ?

— Non.

Il était penché sur la photo, la main en visière contre son front, pour protéger la flamme du briquet.

— Vous ne trouvez pas qu'il me ressemble ?

— Je ne sais pas.

Il scruta encore quelques instants la photo et me la rendit.

— Gay était tout à fait comme ça quand je l'ai connue, me dit-il d'une voix triste.

— Tenez, voilà une photo d'elle, enfant.

Je lui tendis l'autre photo et il la scruta à la flamme du briquet, la main toujours en visière contre son front, dans la position d'un horloger qui fait un travail d'extrême précision.

— C'était une jolie petite fille, me dit-il. Vous n'avez pas d'autres photos d'elle ?

— Non, malheureusement... Et vous ?

— J'avais une photo de notre mariage mais je l'ai perdue en Amérique... Je me demande même si j'ai

gardé la coupure de journal, au moment du suicide...

Son accent américain, d'abord imperceptible,
devenait de plus en plus fort. La fatigue ?

— Vous devez souvent attendre comme ça, pour
rentrer chez vous ?

— De plus en plus souvent. Pourtant tout avait
bien commencé... Ma femme était très gentille...

Il alluma une cigarette avec difficulté, à cause du
vent.

— Gay serait étonnée si elle me voyait dans cet
état...

Il se rapprocha de moi et appuya une main sur
mon épaule.

— Vous ne trouvez pas, mon vieux, qu'elle a eu
raison de disparaître avant qu'il ne soit trop tard ?

Je le regardai. Tout était rond chez lui. Son
visage, ses yeux bleus et même sa petite moustache
taillée en arc de cercle. Et sa bouche aussi, et ses
mains potelées. Il m'évoquait ces ballons que les
enfants retiennent par une ficelle et qu'ils lâchent
quelquefois pour voir jusqu'à quelle hauteur ils
monteront dans le ciel. Et son nom de Waldo Blunt
était gonflé, comme l'un de ces ballons.

— Je suis désolé, mon vieux... Je n'ai pas pu
vous donner beaucoup de détails sur Gay...

Je le sentais alourdi par la fatigue et l'accablement
mais je le surveillais de très près car je craignais
qu'au moindre coup de vent à travers l'esplanade, il
ne s'envolât, en me laissant seul avec mes questions.

VIII

L'avenue longe le champ de courses d'Auteuil.
D'un côté, une allée cavalière, de l'autre de·
immeubles tous construits sur le même modèle et
séparés par des squares. Je suis passé devant ces
casernes de luxe et me suis posté face à celle où se
suicida Gay Orlow. 25, avenue du Maréchal-Lyautey. A quel étage ? La concierge a certainement
changé depuis. Se trouve-t-il encore un habitant de
l'immeuble qui rencontrait Gay Orlow dans l'escalier ou qui prenait l'ascenseur avec elle ? Ou qui me
reconnaîtrait pour m'avoir vu souvent venir ici ?

Certains soirs, j'ai dû monter l'escalier du 25 avenue du Maréchal-Lyautey, le cœur battant. Elle
m'attendait. Ses fenêtres donnaient sur le champ de
courses. Il était étrange, sans doute, de voir les
courses de là-haut, les chevaux et les jockeys
minuscules progresser comme les figurines qui
défilent d'un bout à l'autre des stands de tir et si
l'on abat toutes ces cibles, on gagne le gros lot.

Quelle langue parlions-nous entre nous ? L'anglais ? La photo avec le vieux Giorgiadzé avait-elle été prise dans cet appartement ? Comment était-il meublé ? Que pouvaient bien se dire un dénommé Howard de Luz — moi ? — « d'une famille de la noblesse » et « confident de John Gilbert » et une ancienne danseuse née à Moscou et qui avait connu, à Palm-Island, Lucky Luciano ?

Drôles de gens. De ceux qui ne laissent sur leur passage qu'une buée vite dissipée. Nous nous entretenions souvent, Hutte et moi, de ces êtres dont les traces se perdent. Ils surgissent un beau jour du néant et y retournent après avoir brillé de quelques paillettes. Reines de beauté. Gigolos. Papillons. La plupart d'entre eux, même de leur vivant, n'avaient pas plus de consistance qu'une vapeur qui ne se condensera jamais. Ainsi, Hutte me citait-il en exemple un individu qu'il appelait l' « homme des plages ». Cet homme avait passé quarante ans de sa vie sur des plages ou au bord de piscines, à deviser aimablement avec des estivants et de riches oisifs. Dans les coins et à l'arrière-plan de milliers de photos de vacances, il figure en maillot de bain au milieu de groupes joyeux mais personne ne pourrait dire son nom et pourquoi il se trouve là. Et personne ne remarqua qu'un jour il avait disparu des photographies. Je n'osais pas le dire à Hutte mais j'ai cru que l' « homme des plages » c'était moi. D'ailleurs je ne l'aurais pas étonné en le lui avouant. Hutte répétait qu'au fond, nous sommes tous des « hommes des plages » et que « le sable —

je cite ses propre termes — ne garde que quelques secondes l'empreinte de nos pas ».

L'une des façades de l'immeuble bordait un square qui paraissait abandonné. Un grand bouquet d'arbres, des buissons, une pelouse dont on n'avait pas taillé les herbes depuis longtemps. Un enfant jouait tout seul, paisiblement, devant le tas de sable, dans cette fin d'après-midi ensoleillée. Je me suis assis près de la pelouse et j'ai levé la tête vers l'immeuble en me demandant si les fenêtres de Gay Orlow ne donnaient pas de ce côté-là.

IX

C'est la nuit et la lampe d'opaline de l'Agence fait une tache de lumière vive sur le cuir du bureau de Hutte. Je suis assis derrière ce bureau. Je compulse d'anciens Bottins, d'autres plus récents, et je note au fur et à mesure de mes découvertes :

HOWARD DE LUZ (Jean Simety) ✠ et Mme, née MABEL DONAHUE à Valbreuse, Orne. T. 21, et 23, rue Raynouard T. AUT 15-28.

— CGP — MA ⛵

Le Bottin mondain où est mentionné cela date d'une trentaine d'années. S'agit-il de mon père ?

Même mention dans les Bottins des années suivantes. Je consulte la liste des signes et des abréviations.

✠ = veut dire : croix de guerre.

CGP : Club du Grand Pavois, MA : Motor Yacht Club de la côte d'Azur, et ⛵ : propriétaire de voilier.

Mais dix ans plus tard disparaissent les indications suivantes : 23, rue Raynouard T. AUT 15-28.

Disparaissent également : MA et .

L'année suivante, il ne reste que : HOWARD DE LUZ Mme, née MABEL DONAHUE à Valbreuse, Orne. T. 21.

Puis plus rien.

Ensuite, je consulte les annuaires de Paris de ces dix dernières années. Chaque fois, le nom de Howard de Luz y figure de la manière suivante :

HOWARD DE LUZ C. 3 square Henri-Paté. 16e — MOL 50-52. Un frère ? Un cousin ?

Aucune mention équivalente dans les Bottins mondains des mêmes années.

X

— M. Howard vous attend.

C'était sans doute la patronne de ce restaurant de la rue de Bassano : une brune aux yeux clairs. Elle me fit signe de la suivre, nous descendîmes un escalier et elle me guida vers le fond de la salle. Elle s'arrêta devant une table où un homme se tenait seul. Il se leva.

— Claude Howard, me dit-il.

Il me désigna le siège, vis-à-vis de lui. Nous nous assîmes.

— Je suis en retard. Excusez-moi.

— Aucune importance.

Il me dévisageait avec curiosité. Me reconnaissait-il ?

— Votre coup de téléphone m'a beaucoup intrigué, me dit-il.

Je m'efforçais de lui sourire.

— Et surtout votre intérêt pour la famille Howard de Luz... dont je suis, cher monsieur, le dernier représentant...

Il avait prononcé cette phrase sur un ton ironique, comme pour se moquer de lui-même.

— Je me fais d'ailleurs appeler Howard tout court. C'est moins compliqué.

Il me tendit la carte du menu.

— Vous n'êtes pas obligé de prendre la même chose que moi. Je suis chroniqueur gastronomique... Il faut que je goûte les spécialités de la maison... Ris de veau et waterzoï de poissons...

Il soupira. Il avait vraiment l'air découragé.

— Je n'en peux plus... Quoi qu'il arrive dans ma vie, je suis toujours obligé de manger...

On lui servait déjà un pâté en croûte. Je commandai une salade et un fruit.

— Vous avez de la chance... Moi, il faut que je mange... Je dois faire mon papier ce soir... Je reviens du concours de la Tripière d'Or... Je faisais partie du jury. Il a fallu ingurgiter cent soixante-dix tripes en un jour et demi...

Je ne parvenais pas à lui donner d'âge. Ses cheveux très bruns étaient ramenés en arrière, il avait l'œil marron et quelque chose de négroïde dans les traits du visage, en dépit de l'extrême pâleur de son teint. Nous étions seuls au fond de cette partie du restaurant aménagée en sous-sol, avec des boiseries bleu pâle, du satin et des cristaux qui évoquaient un XVIIIe siècle de pacotille.

— J'ai réfléchi à ce que vous m'avez dit au téléphone... Cet Howard de Luz auquel vous vous intéressez ne peut être que mon cousin Freddie

— Vous croyez vraiment ?

— J'en suis sûr. Mais, je l'ai à peine connu...

— Freddie Howard de Luz ?

— Oui. Nous jouions quelquefois ensemble quand nous étions petits.

— Vous n'avez pas une photo de lui ?

— Aucune.

Il avala une bouchée de pâté en croûte et réprima un haut-le-cœur.

— Ce n'était même pas un cousin germain... Mais au deuxième ou au troisième degré... Il y avait très peu de Howard de Luz... Je crois que nous étions les seuls, papa et moi, avec Freddie et son grand-père... C'est une famille française de l'île Maurice, vous savez...

Il repoussa son assiette d'un geste las.

— Le grand-père de Freddie avait épousé une Américaine très riche...

— Mabel Donahue ?

— C'est bien ça... Ils avaient une magnifique propriété dans l'Orne...

— A Valbreuse ?

— Mais vous êtes un véritable Bottin, mon cher.

Il me jeta un regard étonné.

— Et puis par la suite, je crois qu'ils ont tout perdu... Freddie est parti en Amérique... Je ne pourrais pas vous donner de détails plus précis... Je n'ai appris tout cela que par ouï-dire... Je me demande même si Freddie est encore vivant...

— Comment le savoir ?...

— Si mon père était là... C'était par lui que

j'avais des nouvelles de la famille... Malheureusement...

Je sortis de ma poche la photo de Gay Orlow et du vieux Giorgiadzé et lui désignant l'homme brun qui me ressemblait :

— Vous ne connaissez pas ce type ?

— Non.

— Vous ne trouvez pas qu'il me ressemble ? Il se pencha sur la photo.

— Peut-être, dit-il sans conviction.

— Et la femme blonde, vous ne la connaissez pas ?

— Non.

— Elle était pourtant une amie de votre cousin Freddie.

Il eut l'air, brusquement, de se rappeler quelque chose.

— Attendez... ça me revient... Freddie était parti en Amérique... Et là il paraît qu'il était devenu le confident de l'acteur John Gilbert...

Le confident de John Gilbert. C'était la deuxième fois que l'on me donnait ce détail, mais il ne m'avançait pas à grand-chose.

— Je le sais parce qu'il m'avait envoyé une carte postale d'Amérique à l'époque...

— Vous l'avez conservée ?

— Non, mais je me rappelle encore le texte par cœur :

« Tout va bien. L'Amérique est un beau pays. J'ai trouvé du travail : je suis le confident de John

Gilbert. Amitiés à toi et à ton père. Freddie. » Ça m'avait frappé...

— Vous ne l'avez pas revu, à son retour en France ?

— Non. Je ne savais même pas qu'il était revenu en France.

— Et s'il était en face de vous, maintenant, est-ce que vous le reconnaîtriez ?

— Peut-être pas.

Je n'osais lui suggérer que Freddie Howard de Luz, c'était moi. Je ne possédais pas encore une preuve formelle de cela, mais je gardais bon espoir.

— Le Freddie que j'ai connu, c'est celui qui avait dix ans... Mon père m'avait emmené à Valbreuse pour jouer avec lui...

Le sommelier s'était arrêté devant notre table et attendait que Claude Howard fît son choix, mais celui-ci ne s'apercevait pas de sa présence, et l'homme se tenait très raide, l'allure d'une sentinelle.

— Pour tout vous avouer, monsieur, j'ai l'impression que Freddie est mort...

— Il ne faut pas dire ça...

— C'est gentil de vous intéresser à notre malheureuse famille. Nous n'avons pas eu de chance... Je crois que je suis le seul survivant et regardez ce que je dois faire pour gagner ma vie...

Il tapa du poing sur la table, tandis que des serveurs apportaient le waterzoi de poissons et que la patronne du restaurant s'approchait de nous avec un sourire engageant.

— Monsieur Howard... La Tripière d'Or s'est bien passée cette année ?

Mais il ne l'avait pas entendue et se pencha vers moi.

— Au fond, me dit-il, nous n'aurions jamais dû quitter l'île Maurice...

XI

Une vieille petite gare, jaune et gris, avec, de chaque côté, des barrières de ciment ouvragé, et derrière ces barrières, le quai où je suis descendu de la micheline. La place de la gare serait déserte si un enfant ne faisait du patin à roulettes sous les arbres du terre-plein.

Moi aussi j'ai joué là, il y a longtemps, pensai-je. Cette place calme me rappelait vraiment quelque chose. Mon grand-père Howard de Luz venait me chercher au train de Paris ou bien était-ce le contraire ? Les soirs d'été, j'allais l'attendre sur le quai de la gare en compagnie de ma grand-mère, née Mabel Donahue.

Un peu plus loin, une route, aussi large qu'une nationale, mais de très rares voitures y passent. J'ai longé un jardin public enclos de ces mêmes barrières en ciment que j'avais vues place de la Gare.

De l'autre côté de la route, quelques magasins sous une sorte de préau. Un cinéma. Puis une auberge cachée par des feuillages, au coin d'une avenue qui monte en pente douce. Je m'y suis engagé sans hésitation, car j'avais étudié le plan de Valbreuse. Au bout de cette avenue bordée d'arbres, un mur d'enceinte et une grille sur laquelle était fixé un écriteau de bois pourri où j'ai pu lire en devinant la moitié des lettres : ADMINISTRATION DES DOMAINES. Derrière la grille, s'étendait une pelouse à l'abandon. Tout au fond, une longue bâtisse de brique et de pierre, dans le style Louis XIII. Au milieu de celle-ci, un pavillon, plus élevé d'un étage faisait saillie, et la façade était complétée, à chaque extrémité, par deux pavillons latéraux coiffés de dômes. Les volets de toutes les fenêtres étaient fermés.

Un sentiment de désolation m'a envahi : je me trouvais peut-être devant le château où j'avais vécu mon enfance. J'ai poussé la grille et l'ai ouverte sans difficulté. Depuis combien de temps n'avais-je pas franchi ce seuil ? A droite, j'ai remarqué un bâtiment de brique qui devait être les écuries.

Les herbes m'arrivaient à mi-jambes et j'essayais de traverser la pelouse le plus vite possible, en direction du château. Cette bâtisse silencieuse m'intriguait. Je craignais de découvrir que derrière la façade, il n'y avait plus rien que des herbes hautes et des pans de murs écroulés.

Quelqu'un m'appelait. Je me suis retourné. Là-bas, devant le bâtiment des écuries, un homme agitait le bras. Il marchait vers moi et je restais figé, à le regarder, au milieu de la pelouse qui ressemblait à une jungle. Un homme assez grand, massif, vêtu de velours vert.

— Qu'est-ce que vous voulez ?

Il s'était arrêté à quelques pas de moi. Un brun, avec des moustaches.

— Je voudrais des renseignements sur M. Howard de Luz.

Je m'avançais. Peut-être allait-il me reconnaître ? Chaque fois, j'ai ce même espoir, et chaque fois, je suis déçu.

— Quel M. Howard de Luz ?

— Freddie.

J'avais lancé « Freddie » d'une voix altérée, comme si c'était mon prénom que je prononçais après des années d'oubli.

Il écarquillait les yeux.

— Freddie...

A cet instant, j'ai vraiment cru qu'il m'appelait par mon prénom.

— Freddie ? Mais il n'est plus là...

Non, il ne m'avait pas reconnu. Personne ne me reconnaissait.

— Qu'est-ce que vous voulez exactement ?

— Je voudrais savoir ce qu'est devenu Freddie Howard de Luz...

Il me dévisageait avec un regard méfiant et il enfonça une main dans la poche de son pantalon. Il allait sortir une arme et me menacer. Mais non. Il tira de sa poche un mouchoir dont il s'épongea le front.

— Qui êtes-vous ?

— J'ai connu Freddie en Amérique, il y a longtemps, et j'aimerais avoir des nouvelles de lui.

Son visage s'éclaira brusquement à ce mensonge.

— En Amérique ? Vous avez connu Freddie en Amérique ?

Le nom d' « Amérique » semblait le faire rêver. Il m'aurait embrassé, je crois, tant il m'était reconnaissant d'avoir connu Freddie « en Amérique ».

— En Amérique ? Alors, vous l'avez connu quand il était le confident de… de…

— De John Gilbert.

Toute méfiance de sa part avait fondu.

Il me prit même par le poignet.

— Venez par ici.

Il m'attira vers la gauche, le long du mur d'enceinte, où l'herbe était moins haute et où l'on devinait l'ancien tracé d'un chemin.

— Je n'ai plus de nouvelles de Freddie depuis très longtemps, me dit-il d'une voix grave.

Son costume de velours vert était usé, par endroits, jusqu'à la trame et on avait cousu des pièces de cuir aux épaules, aux coudes et aux genoux.

— Vous êtes américain ?

— Oui.

— Freddie m'avait envoyé plusieurs cartes postales d'Amérique.

— Vous les avez gardées ?

— Bien sûr.

Nous marchions vers le château.

— Vous n'étiez jamais venu ici ? me demanda-t-il.

— Jamais.

— Mais comment vous avez eu l'adresse ?

— Par un cousin de Freddie, Claude Howard de Luz...

— Connais pas.

Nous arrivions devant l'un de ces pavillons coiffés d'un dôme, que j'avais remarqués à chaque extrémité de la façade du château. Nous le contournâmes. Il me désigna une petite porte :

— C'est la seule porte par laquelle on peut entrer.

Il tourna une clé dans la serrure. Nous entrâmes. Il me guida à travers une pièce sombre et vide puis le long d'un couloir. Nous débouchâmes sur une autre pièce aux verrières de couleur qui lui donnaient l'aspect d'une chapelle ou d'un jardin d'hiver.

— C'était la salle à manger d'été, me dit-il.

Pas un meuble, sauf un vieux divan au velours rouge râpé et nous nous y assîmes. Il sortit une pipe de sa poche et l'alluma placidement. Les verrières laissaient passer la lumière du jour en lui donnant une tonalité bleu pâle.

Je levai la tête et remarquai que le plafond était bleu pâle lui aussi, avec quelques taches plus claires : des nuages. Il avait suivi mon regard.

— C'était Freddie qui avait peint le plafond et le mur.

Le seul mur de la pièce était peint en vert, et on y

voyait un palmier, presque effacé. J'essayais de m'imaginer cette pièce, jadis, quand nous y prenions nos repas. Le plafond où j'avais peint le ciel. Le mur vert où j'avais voulu, par ce palmier, ajouter une note tropicale. Les verrières à travers lesquelles un jour bleuté tombait sur nos visages. Mais ces visages, quels étaient-ils ?

— C'est la seule pièce où l'on peut encore aller, me dit-il. Il y a des scellés sur toutes les portes.

— Pourquoi ?

— La maison est sous séquestre

Ces mots me glacèrent

— Ils ont tout mis sous sequestre, mais moi, ils m'ont laissé là. Jusqu'à quand ?

Il tirait sur sa pipe et hochait la tête.

— De temps en temps, il y a un type des Domaines qui vient inspecter. Ils n'ont pas l'air de prendre une décision.

— Qui ?

— Les Domaines.

Je ne comprenais pas très bien ce qu'il voulait dire, mais je me rappelais l'inscription sur l'écriteau de bois pourri : « Administration des Domaines. »

— Ça fait longtemps que vous êtes ici ?

— Oh oui... Je suis venu à la mort de M. Howard de Luz... Le grand-père de Freddie... Je m'occupais du parc et servais de chauffeur à madame... La grand-mère de Freddie...

— Et les parents de Freddie ?

— Je crois qu'ils sont morts très jeunes. Il a été élevé par ses grands-parents.

Ainsi j'avais été élevé par mes grands parents. Après la mort de mon grand-père, nous vivions seuls ici, avec ma grand-mère, née Mabel Donahue, et cet homme.

— Comment vous appelez-vous ? lui demandai-je.

— Robert.

— Freddie vous appelait comment ?

— Sa grand-mère m'appelait Bob. Elle était américaine. Freddie aussi m'appelait Bob.

Ce prénom de Bob ne m'évoquait rien. Mais lui non plus, après tout, ne me reconnaissait pas.

— Ensuite, la grand-mère est morte. Ça n'allait déjà pas très fort du point de vue financier... Le grand-père de Freddie avait dilapidé la fortune de sa femme... Une très grosse fortune américaine...

Il tirait posément sur sa pipe et des filets de fumée bleue montaient au plafond. Cette pièce avec ses grandes verrières et les dessins de Freddie — les miens ? — au mur et au plafond était sans doute pour lui un refuge.

— Ensuite Freddie a disparu... Sans prévenir... Je ne sais pas ce qui est arrivé. Mais ils ont tout foutu sous séquestre.

De nouveau ce terme « sous séquestre », comme une porte que l'on claque brutalement devant vous, au moment où vous vous apprêtiez à la franchir.

— Et depuis, j'attends... Je me demande ce qu'ils ont l'intention de faire de moi... Ils ne peuvent quand même pas me jeter dehors.

— Vous habitez où ?

— Dans les anciennes écuries. Le grand-père de Freddie les avait fait aménager.

Il m'observait, la pipe serrée entre les dents.

— Et vous? Racontez-moi comment vous avez connu Freddie en Amérique.

— Oh... C'est une longue histoire...

— Vous ne voulez pas que nous marchions un peu? Je vais vous montrer le parc de ce côté-là.

— Volontiers.

Il ouvrit une porte-fenêtre et nous descendîmes quelques marches de pierre. Nous nous trouvions devant une pelouse comme celle que j'avais tenté de traverser pour atteindre le château, mais ici, les herbes étaient beaucoup moins hautes. A mon grand étonnement, l'arrière du château ne correspondait pas du tout à la façade: il était construit de pierres grises. Le toit non plus n'était pas le même: de ce côté-ci, il se compliquait de pans coupés et de pignons, si bien que cette demeure qui offrait, à première vue, l'aspect d'un château Louis XIII, ressemblait de dos à ces maisons balnéaires de la fin du XIXe siècle, dont il subsiste encore quelques rares spécimens à Biarritz.

— J'essaie d'entretenir un peu tout ce côté du parc, me dit-il. Mais c'est difficile pour un homme seul.

Nous suivions une allée de graviers qui longeait la pelouse. Sur notre gauche, des buissons, à hauteur d'homme, étaient soigneusement taillés. Il me les désigna:

— Le labyrinthe. Il a été planté par le grand-père

de Freddie. Je m'en occupe le mieux que je peux. Il faut bien qu'il y ait quelque chose qui reste comme avant.

Nous pénétrâmes dans le « labyrinthe » par une de ses entrées latérales et nous nous baissâmes, à cause de la voûte de verdure. Plusieurs allées s'entrecroisaient, il y avait des carrefours, des ronds-points, des virages circulaires ou en angle droit, des culs-de-sac, une charmille avec un banc de bois vert... Enfant, j'avais dû faire ici des parties de cache-cache en compagnie de mon grand-père ou d'amis de mon âge et au milieu de ce dédale magique qui sentait le troène et le pin, j'avais sans doute connu les plus beaux moments de ma vie. Quand nous sortîmes du labyrinthe, je ne pus m'empêcher de dire à mon guide :

— C'est drôle... Ce labyrinthe me rappelle quelque chose...

Mais il semblait ne m'avoir pas entendu.

Au bord de la pelouse, un vieux portique rouillé auquel étaient accrochées deux balançoires.

— Vous permettez...

Il s'assit sur l'une des balançoires et ralluma sa pipe. Je pris place sur l'autre. Le soleil se couchait et enveloppait d'une lumière tendre et orangée la pelouse et les buissons du labyrinthe. Et la pierre grise du château était mouchetée de cette même lumière.

Je choisis ce moment pour lui tendre la photo de Gay Orlow, du vieux Giorgiadzé et de moi.

— Vous connaissez ces gens ?

Il observa longuement la photo, sans ôter la pipe de sa bouche.

— Celle-là, je l'ai bien connue...

Il appuyait son index au-dessous du visage de Gay Orlow.

— La Russe...

Il le disait d'un ton rêveur et amusé.

— Vous pensez si je la connaissais, la Russe...

Il éclata d'un rire bref.

— Freddie est souvent venu ici avec elle, les dernières années... Une sacrée fille... Une blonde... Je peux vous dire qu'elle buvait sec... Vous la connaissez ?

— Oui, dis-je. Je l'ai vue avec Freddie en Amérique.

— Il avait connu la Russe en Amérique, hein ?

— Oui.

— C'est elle qui pourrait vous dire où se trouve Freddie en ce moment... Il faudrait le lui demander...

— Et ce type brun, là, à côté de la Russe ?

Il se pencha un peu plus sur la photo et la scruta. Mon cœur battait fort.

— Mais oui... Je l'ai connu aussi... Attendez... Mais oui... C'était un ami de Freddie... Il venait ici avec Freddie, la Russe et une autre fille... Je crois que c'était un Américain du Sud ou quelque chose comme ça...

— Vous ne trouvez pas qu'il me ressemble ?

— Oui... Pourquoi pas ? me dit-il sans conviction.

Voilà, c'était clair, je ne m'appelais pas Freddie
Howard de Luz. J'ai regardé la pelouse aux herbes
hautes dont seule la lisière recevait encore les rayons
du soleil couchant. Je ne m'étais jamais promené le
long de cette pelouse, au bras d'une grand-mère
américaine. Je n'avais jamais joué, enfant, dans le
« labyrinthe ». Ce portique rouillé, avec ses balançoires, n'avait pas été dressé pour moi. Dommage.

— Vous dites : Américain du Sud ?

— Oui... Mais il parlait le français comme vous
et moi...

— Et vous l'avez vu souvent ici ?

— Plusieurs fois.

— Comment saviez-vous qu'il était américain du
Sud ?

— Parce qu'un jour, j'ai été le chercher en
voiture à Paris pour le ramener ici. Il m'avait donné
rendez-vous là où il travaillait... Dans une ambassade d'Amérique du Sud...

— Quelle ambassade ?

— Alors, là, vous m'en demandez trop...

Il fallait que je m'habituasse à ce changement. Je
n'étais plus le rejeton d'une famille dont le nom
figurait sur quelques vieux Bottins mondains, et
même l'annuaire de l'année, mais un Américain du
Sud dont il serait infiniment plus difficile de
retrouver les traces.

— Je crois que c'était un ami d'enfance de
Freddie...

— Il venait ici avec une femme ?

— Oui. Deux ou trois fois. Une Française. Ils

venaient tous les quatre avec la Russe et Freddie...
Après la mort de la grand-mère...

Il s'est levé.

— Vous ne voulez pas que nous rentrions? Il
commence à faire froid...

La nuit était presque tombée et nous nous
sommes retrouvés dans la « salle à manger d'été ».

— C'était la pièce préférée de Freddie... Le soir,
ils restaient là très tard avec la Russe, l'Américain
du Sud et l'autre fille...

Le divan n'était plus qu'une tache tendre et sur le
plafond, des ombres se découpaient en forme de
treillages et de losanges. J'essayais vainement de
capter les échos de nos anciennes soirées.

— Ils avaient installé un billard ici... C'était
surtout la petite amie de l'Américain du Sud qui
jouait au billard... Elle gagnait à chaque fois... Je
peux vous le dire parce que j'ai fait plusieurs parties
avec elle... Tenez, le billard est toujours là...

Il m'entraîna dans un couloir obscur, alluma une
lampe de poche et nous débouchâmes sur un hall
dallé d'où partait un escalier monumental.

— L'entrée principale...

Sous le départ de l'escalier, je remarquai en effet
un billard. Il l'éclaira avec sa lampe. Une boule
blanche, au milieu, comme si la partie avait été
interrompue et qu'elle allait reprendre d'un instant
à l'autre. Et que Gay Orlow, ou moi, ou Freddie, ou
cette mystérieuse Française qui m'accompagnait ici,
ou Bob, se penchait déjà pour viser.

— Vous voyez le billard est toujours là...

Il balaya de sa lampe l'escalier monumental.

— Ça ne sert à rien de monter aux étages... Ils ont tout foutu sous scellés...

J'ai pensé que Freddie avait une chambre là-haut. Une chambre d'enfant puis une chambre de jeune homme avec des étagères de livres, des photos collées aux murs, et — qui sait ? — sur l'une d'elles, nous étions tous les quatre, ou tous les deux Freddie et moi, bras dessus, bras dessous. Il s'appuya contre le billard pour rallumer sa pipe. Moi, je ne pouvais m'empêcher de contempler ce grand escalier qu'il ne servait à rien de gravir puisque là-haut, tout était « sous scellés ».

Nous sortîmes par la petite porte latérale qu'il referma en deux tours de clé. Il faisait noir.

— Je dois reprendre le train de Paris, lui dis-je.

— Venez avec moi.

Il me serrait le bras et me guidait le long du mur d'enceinte. Nous arrivâmes devant les anciennes écuries. Il ouvrit une porte vitrée et alluma une lampe à pétrole.

— Ils ont coupé l'électricité depuis longtemps... Mais ils ont oublié de couper l'eau...

Nous étions dans une pièce au milieu de laquelle il y avait une table de bois sombre et des chaises d'osier. Aux murs, des assiettes de faïence et des plats de cuivre. Une tête de sanglier empaillée au-dessus de la fenêtre.

— Je vais vous faire un cadeau.

Il se dirigea vers un bahut, au fond de la pièce, et l'ouvrit. Il en tira une boîte qu'il posa sur la table et

dont le couvercle portait cette inscription : « Biscuits Lefebvre Utile — Nantes ». Puis il se planta
devant moi.

— Vous étiez un ami de Freddie, hein ? me dit-il
d'une voix émue.

— Oui.

— Eh bien, je vais vous donner ça...

Il me désignait la boîte.

— Ce sont des souvenirs de Freddie... Des
petites choses que j'ai pu sauver quand ils sont
venus mettre la baraque sous séquestre...

Il était vraiment ému. Je crois même qu'il avait
les larmes aux yeux.

— Je l'aimais bien... Je l'ai connu tout jeune...
C'était un rêveur. Il me répétait toujours qu'il
achèterait un voilier... Il me disait : « Bob, tu seras
mon second... » Dieu sait où il est maintenant... s'il
est toujours vivant...

— On le retrouvera, lui dis-je.

— Il a été trop gâté par sa grand-mère, vous
comprenez...

Il prit la boîte et me la tendit. Je pensais à Stioppa
de Djagoriew et à la boîte rouge qu'il m'avait
donnée lui aussi. Décidément, tout finissait dans de
vieilles boîtes de chocolat ou de biscuits. Ou de
cigares.

— Merci.

— Je vous accompagne au train.

Nous suivions une allée forestière et il projetait le
faisceau de sa lampe devant nous. Ne se trompait-il

pas de chemin ? J'avais l'impression que nous nous enfoncions au cœur de la forêt.

— J'essaie de me rappeler le nom de l'ami de Freddie. Celui que vous m'avez montré sur la photo... L'Américain du Sud...

Nous traversions une clairière dont la lune rendait les herbes phosphorescentes. Là-bas, un bouquet de pins parasols. Il avait éteint sa lampe de poche car nous y voyions presque comme en plein jour.

— C'était là que Freddie montait à cheval avec un autre ami à lui... Un jockey... Il ne vous en a jamais parlé, de ce jockey ?

— Jamais.

— Je ne me souviens plus de son nom... Pourtant il avait été célèbre... Il avait été le jockey du grand-père de Freddie, quand le vieux possédait une écurie de courses...

— L'Américain du Sud connaissait aussi le jockey ?

— Bien sûr. Ils venaient ensemble ici. Le jockey jouait au billard avec les autres... Je crois même que c'était lui qui avait présenté la Russe à Freddie...

Je craignais de ne pas retenir tous ces détails. Il aurait fallu les consigner immédiatement sur un petit carnet.

Le chemin montait en pente douce et j'avais de la peine à marcher, à cause de l'épaisseur des feuilles mortes.

— Alors, vous vous rappelez le nom de l'Américain du Sud ?

— Attendez... Attendez... ça va me revenir...

Je serrais la boîte de biscuits contre ma hanche et j'étais impatient de savoir ce qu'elle contenait. Peut-être y trouverais-je certaines réponses à mes questions. Mon nom. Ou celui du jockey, par exemple.

Nous étions au bord d'un talus et il suffisait de le descendre pour arriver sur la place de la Gare. Celle-ci semblait déserte avec son hall étincelant d'une lumière de néon. Un cycliste traversait lentement la place et vint s'arrêter devant la gare.

— Attendez... son prénom, c'était... Pedro...

Nous restions debout au bord du talus. De nouveau, il avait sorti sa pipe, et la nettoyait à l'aide d'un petit instrument mystérieux. Je me répétais à moi-même ce prénom qu'on m'avait donné à ma naissance, ce prénom avec lequel on m'avait appelé pendant toute une partie de ma vie et qui avait évoqué mon visage pour quelques personnes. Pedro.

XII

Pas grand-chose dans cette boîte de biscuits. Un soldat de plomb écaillé avec un tambour. Un trèfle à quatre feuilles collé au milieu d'une enveloppe blanche. Des photos.

Je figure sur deux d'entre elles. Aucun doute, c'est le même homme que celui que l'on voit à côté de Gay Orlow et du vieux Giorgiadzé. Un brun de haute taille, moi, à cette seule différence près que je n'ai pas de moustache. Sur l'une des photos, je me trouve en compagnie d'un autre homme aussi jeune que moi, aussi grand, mais aux cheveux plus clairs. Freddie ? Oui, car au dos de la photo quelqu'un a écrit au crayon : « Pedro-Freddie-La Baule. » Nous sommes au bord de la mer et nous portons chacun un peignoir de plage. Une photo apparemment très ancienne.

Sur la deuxième photo, nous sommes quatre : Freddie, moi, Gay Orlow que j'ai reconnue aisément, et une autre jeune femme, tous assis par terre, le dos appuyé au divan de velours rouge de la salle à manger d'été. A droite, on distingue le billard.

Une troisième photo représente la jeune femme que l'on voit avec nous dans la salle à manger d'été. Elle est debout devant la table de billard et tient une canne de ce jeu dans les deux mains. Cheveux clairs qui tombent plus bas que les épaules. Celle que j'emmenais au château de Freddie ? Sur une autre photo, elle est accoudée à la balustrade d'une véranda.

Une carte postale à l'adresse de « Monsieur Robert Brun chez Howard de Luz. Valbreuse. Orne » offre une vue du port de New York. On y lit :

« Mon cher Bob. Amitiés d'Amérique. A bientôt. Freddie. »

Un document étrange à l'en-tête de :

Consulado General
de la
Republica Argentina
N° 106.
Le Consulat général de la république Argentine en France, chargé des Intérêts helléniques en zone occupée, certifie que, lors de la Grande Guerre 1914-1918, les archives de la mairie de Salonique ont été détruites par l'incendie.
Paris. Le 15 juillet 1941
Le Consul général de la
république Argentine
chargé des Intérêts helléniques.

Une signature au bas de laquelle on lit :

R. L. de Oliveira Cezar
Consul général.

Moi ? Non. Il ne s'appelle pas Pedro.
Une petite coupure de journal :

SÉQUESTRE HOWARD DE LUZ :
Vente aux enchères publiques
à la requête de
l'Administration des Domaines
à Valbreuse (Orne) Château Saint-Lazare
le 7 et 11 avril, d'un
Important mobilier
Objets d'art et d'ameublement
anciens et modernes
Tableaux — Porcelaines — Céramiques
Tapis — Literie — Linge de maison
Piano à queue Erard
Frigidaire etc.
Expositions : samedi 6 avril, de 14 h à 18 h
et le matin des jours de vente de 10 à 12 h.

J'ouvre l'enveloppe sur laquelle est collé le trèfle à quatre feuilles. Elle contient quatre petites photographies de la taille de celles qu'on nomme « Photomatons » ; l'une de Freddie, l'autre de moi, la troisième de Gay Orlow et la quatrième de la jeune femme aux cheveux clairs.

Je trouve également un passeport en blanc de la république Dominicaine.

En tournant par hasard la photo de la jeune femme aux cheveux clairs, je lis ceci, écrit à l'encre bleue, de la même écriture désordonnée que celle de la carte postale d'Amérique :

PEDRO : ANJou 15-28.

XIII

Sur combien d'agendas ce numéro de téléphone, qui a été le mien, figure-t-il encore ? Était-ce simplement le numéro de téléphone d'un bureau où l'on ne pouvait me joindre qu'un après-midi ?

Je compose ANJou 15-28. Les sonneries se succèdent mais personne ne répond. Reste-t-il des traces de mon passage dans l'appartement désert, la chambre inhabitée depuis longtemps où ce soir le téléphone sonne pour rien ?

Je n'ai même pas besoin d'appeler les renseignements. Il suffit que je fasse, d'une tension du mollet, pivoter le fauteuil de cuir de Hutte. Devant moi, les rangées de Bottins et d'annuaires. L'un d'eux, plus petit que les autres, est relié d'une chèvre imprimée vert pâle. C'est celui-ci qu'il me faut. Tous les numéros de téléphone qui existent à Paris depuis trente ans y sont répertoriés avec les adresses correspondantes.

Je tourne les pages, le cœur battant. Et je lis :

ANJou 15-28 — 10 *bis,* rue Cambacérès 8ᵉ arr.

Mais le Bottin par rues de l'année ne porte aucune mention de ce numéro de téléphone :

CAMBACÉRÈS (rue)
8ᵉ

10 *bis*	AMICALE DES DIAMANTAIRES	MIR 18-16
	COUTURE-FASHION	ANJ 32-49
	PILGRAM (Hélène)	ELY 05-31
	REBBINDER (Établis.)	MIR 12-08
	REFUGE (de)	ANJ 50-52
	S.E.F.I.C.	MIR 74-31
		MIR 74-32
		MIR 74-33

XIV

Un homme dont le prénom était Pedro. ANJou
15-28. 10 *bis*, rue Cambacérès, huitième arrondissement.

Il travaillait dans une légation d'Amérique du
Sud paraît-il. La pendule que Hutte a laissée sur le
bureau marque deux heures du matin. En bas,
avenue Niel, il ne passe plus que de rares voitures et
j'entends quelquefois crisser leurs freins, aux feux
rouges.

Je feuillette les vieux Bottins en tête desquels se
trouve la liste des ambassades et des légations, avec
leurs membres.

République Dominicaine
Avenue de Messine, 21 (VIIIe). CARnot 10-18.
N... Envoyé extraordinaire et ministre plénipoten-
tiaire.
M. le docteur Gustavo J. Henriquez. Premier
secrétaire.

M. le docteur Salvador E. Paradas. Deuxième secrétaire (et Mme), rue d'Alsace, 41 (X^e).
M. Le docteur Bienvenido Carrasco. Attaché.
R. Decamps, 45 (XVIe), tél. TRO 42-91.

Venezuela
Rue Copernic, 11 (XVIe). PASsy 72-29.
Chancellerie : rue de la Pompe, 115 (XVIe). PASsy 10-89.
M. le docteur Carlo Aristimuno Coll, envoyé extraordinaire et ministre plénipotentiaire.
M. Jaime Picon Febres. Conseiller.
M. Antonio Maturib. Premier secrétaire.
M. Antonio Briuno. Attaché.
M. le Colonel H. Lopez-Mendez. Attaché militaire.
M. Pedro Saloaga. Attaché commercial.

Guatemala
Place Joffre, 12 (VIIe). Tél. SÉGur 09-59.
M. Adam Maurisque Rios. Conseiller chargé d'affaires p.i.
M. Ismael Gonzalez Arevalo. Secrétaire.
M. Frederico Murgo. Attaché.

Équateur
Avenue de Wagram, 91 (XVIIe). Tél. ÉTOile 17-89.
M. Gonzalo Zaldumbide. Envoyé extraordinaire et ministre plénipotentiaire (et Mme).
M. Alberto Puig Arosemena. Premier secrétaire (et Mme).

M. Alfredo Gangotena. Troisième secrétaire (et Mme).

M. Carlos Guzman. Attaché (et Mme).

M. Victor Zevallos. Conseiller (et Mme), avenue d'Iéna, 21 (XVIe).

El Salvador

Riquez Vega. Envoyé extraordinaire.

Major J. H. Wishaw. Attaché militaire (et sa fille).

F. Capurro. Premier secrétaire.

Luis...

Les lettres dansent. Qui suis-je ?

XV

Vous tournez à gauche et ce qui vous étonnera ce sera le silence et le vide de cette partie de la rue Cambacérès. Pas une voiture. Je suis passé devant un hôtel et mes yeux ont été éblouis par un lustre qui brillait de tous ses cristaux dans le couloir d'entrée. Il y avait du soleil.

Le 10 *bis* est un immeuble étroit de quatre étages. De hautes fenêtres au premier. Un agent de police se tient en faction sur le trottoir d'en face.

L'un des battants de la porte de l'immeuble était ouvert, la minuterie allumée. Un long vestibule aux murs gris. Au fond, une porte aux petits carreaux vitrés que j'ai eu de la peine à tirer, à cause du blunt. Un escalier sans tapis monte aux étages.

Je me suis arrêté devant la porte du premier. J'avais décidé de demander aux locataires de chaque étage si le numéro de téléphone ANJou 15-28 avait été le leur à un moment donné, et ma gorge se nouait car je me rendais compte de l'étrangeté de

ma démarche. Sur la porte, une plaque de cuivre,
où je lus : HÉLÈNE PILGRAM.

Une sonnerie grêle et si usée qu'on ne l'entendait
que par intermittence. Je pressai mon index le plus
longtemps possible sur le bouton. La porte s'est
entrouverte. Le visage d'une femme, les cheveux
gris cendré et coupés court, est apparu dans l'entrebâillement.

— Madame… C'est pour un renseignement…

Elle me fixait de ses yeux très clairs. On ne
pouvait lui donner d'âge. Trente, cinquante ans ?

— Votre ancien numéro n'était pas ANJou 15-
28 ?

Elle a froncé les sourcils.

— Si. Pourquoi ?

Elle a ouvert la porte. Elle était vêtue d'une robe
de chambre d'homme en soie noire.

— Pourquoi me demandez-vous ça ?

— Parce que… J'ai habité ici…

Elle s'était avancée sur le palier et me dévisageait
avec insistance. Elle a écarquillé les yeux.

— Mais… vous êtes… monsieur… McEvoy ?

— Oui, lui dis-je à tout hasard.

— Entrez.

Elle paraissait vraiment émue. Nous nous tenions
tous deux l'un en face de l'autre, au milieu d'un
vestibule dont le parquet était abîmé. On avait
remplacé certaines lattes par des morceaux de
linoléum.

— Vous n'avez pas beaucoup changé, me dit-elle
en me souriant.

— Vous non plus.

— Vous vous souvenez encore de moi ?

— Je me souviens très bien de vous, lui dis je.

— C'est gentil...

Ses yeux s'attardaient sur moi avec douceur.

— Venez...

Elle me précéda dans une pièce très haute de plafond et très grande dont les fenêtres étaient celles que j'avais remarquées de la rue. Le parquet, aussi abîmé que dans le vestibule, était recouvert par endroits de tapis de laine blanche. A travers les fenêtres, un soleil d'automne éclairait la pièce d'une lumière ambrée.

— Asseyez-vous...

Elle me désigna une longue banquette recouverte de coussins de velours, contre le mur. Elle s'assit à ma gauche.

— C'est drôle de vous revoir d'une façon si... brusque.

— Je passais dans le quartier, dis-je.

Elle me semblait plus jeune que lorsqu'elle m'était apparue dans l'entrebâillement de la porte. Pas la moindre petite ride à la commissure des lèvres, autour des yeux ni au front et ce visage lisse contrastait avec ses cheveux blancs.

— J'ai l'impression que vous avez changé de couleur de cheveux, risquai-je.

— Mais non... j'ai eu les cheveux blancs à vingt-cinq ans... J'ai préféré les garder de cette couleur...

Hormis la banquette de velours, il n'y avait pas beaucoup de meubles. Une table rectangulaire contre le mur opposé. Un vieux mannequin entre les deux fenêtres, le torse recouvert d'un tissu beige sale et dont la présence insolite évoquait un atelier de couture. D'ailleurs, je remarquai, dans un coin de la pièce, posée sur une table, une machine à coudre.

— Vous reconnaissez l'appartement ? me demanda-t-elle. Vous voyez... J'ai gardé des choses...

Elle eut un mouvement du bras en direction du mannequin de couturier.

— C'est Denise qui a laissé tout ça...

Denise ?

— En effet, dis-je, ça n'a pas beaucoup changé...

— Et Denise ? me demanda-t-elle avec impatience. Qu'est-ce qu'elle est devenue ?

— Eh bien, dis-je, je ne l'ai pas revue depuis longtemps...

— Ah bon...

Elle eut un air déçu et hocha la tête comme si elle comprenait qu'il ne fallait plus parler de cette « Denise ». Par discrétion.

— Au fond, lui dis-je, vous connaissiez Denise depuis longtemps ?...

— Oui... Je l'ai connue par Léon...

— Léon ?

— Léon Van Allen.

— Mais bien sûr, dis-je, impressionné par le ton qu'elle avait pris, presque un ton de reproche quand le prénom « Léon » n'avait pas évoqué immédiatement pour moi ce « Léon Van Allen ».

110

— Qu'est-ce qu'il devient, Léon Van Allen ? demandai-je.

— Oh... ça fait deux ou trois ans que je n'ai plus de nouvelles de lui... Il était parti en Guyane hollandaise, à Paramaribo... Il avait créé un cours de danse, là-bas...

— De danse ?

— Oui. Avant de travailler dans la couture, Léon avait fait de la danse... Vous ne le saviez pas ?

— Si, si. Mais j'avais oublié.

Elle se rejeta en arrière pour appuyer son dos au mur et renoua la ceinture de sa robe de chambre.

— Et vous, qu'est-ce que vous êtes devenu ?

— Oh, moi ?... rien...

— Vous ne travaillez plus à la légation de la république Dominicaine ?

— Non.

— Vous vous rappelez quand vous m'avez proposé de me faire un passeport dominicain... ? Vous disiez que dans la vie, il fallait prendre ses précautions et avoir toujours plusieurs passeports...

Ce souvenir l'amusait. Elle a eu un rire bref.

— Quand avez-vous eu des nouvelles de... Denise pour la dernière fois ? lui ai-je demandé.

— Vous êtes parti à Megève avec elle et elle m'a envoyé un mot de là-bas. Et depuis, plus rien.

Elle me fixait d'un regard interrogatif mais n'osait pas, sans doute, me poser une question directe. Qui était cette Denise ? Avait-elle joué un rôle important dans ma vie ?

— Figurez-vous, lui dis-je, qu'il y a des

moments où j'ai l'impression d'être dans un brouillard total... J'ai des trous de mémoire... Des
périodes de cafard... Alors, en passant dans la rue,
je me suis permis de... monter... pour essayer de
retrouver le... le...

Je cherchai le mot juste, vainement, mais cela
n'avait aucune importance puisqu'elle souriait et
que ce sourire indiquait que ma démarche ne
l'étonnait pas.

— Vous voulez dire : pour retrouver le bon
temps ?

— Oui. C'est ça... Le bon temps...

Elle prit une boîte dorée sur une petite table basse
qui se trouvait à l'extrémité du divan et l'ouvrit.
Elle était emplie de cigarettes.

— Non merci, lui dis-je.

— Vous ne fumez plus ? Ce sont des cigarettes
anglaises. Je me souviens que vous fumiez des
cigarettes anglaises... Chaque fois que nous nous
sommes vus ici, tous les trois, avec Denise, vous
m'apportiez un sac plein de paquets de cigarettes
anglaises...

— Mais oui, c'est vrai...

— Vous pouviez en avoir tant que vous vouliez à
la légation dominicaine...

Je tendis la main vers la boîte dorée et saisis entre
le pouce et l'index une cigarette. Je la mis à ma
bouche avec appréhension. Elle me passa son
briquet après avoir allumé sa cigarette à elle. Je dus
m'y reprendre plusieurs fois pour obtenir une

112

flamme. J'aspirai. Aussitôt un picotement très douloureux me fit tousser.

— Je n'ai plus l'habitude, lui dis-je.

Je ne savais comment me débarrasser de cette cigarette et la tenais toujours entre pouce et index tandis qu'elle se consumait.

— Alors, lui dis-je, vous habitez dans cet appartement, maintenant ?

— Oui. Je me suis de nouveau installée ici quand je n'ai plus eu de nouvelles de Denise... D'ailleurs elle m'avait dit, avant son départ, que je pouvais reprendre l'appartement...

— Avant son départ ?

— Mais oui... Avant que vous partiez à Megève...

Elle haussait les épaules, comme si ce devait être pour moi une évidence.

— J'ai l'impression que je suis resté très peu de temps dans cet appartement...

— Vous y êtes resté quelques mois avec Denise...

— Et vous, vous habitiez ici avant nous ?

Elle me regarda, stupéfaite.

— Mais bien sûr, voyons... C'était mon appartement... Je l'ai prêté à Denise parce que je devais quitter Paris...

— Excusez-moi... Je pensais à autre chose.

— Ici, c'était pratique pour Denise... Elle avait de la place pour installer un atelier de couture...

Une couturière ?

— Je me demande pourquoi nous avons quitté cet appartement, lui dis-je.

— Moi aussi...

De nouveau ce regard interrogatif. Mais que pouvais-je lui expliquer ? J'en savais moins qu'elle. Je ne savais rien de toutes ces choses. J'ai fini par poser dans le cendrier le mégot consumé qui me brûlait les doigts.

— Est-ce que nous nous sommes vus, avant que nous venions habiter ici ? risquai-je timidement.

— Oui. Deux ou trois fois. A votre hôtel...

— Quel hôtel ?

— Rue Cambon. L'hôtel Castille. Vous vous rappelez la chambre verte que vous aviez avec Denise ?

— Oui.

— Vous avez quitté l'hôtel Castille parce que vous ne vous sentiez pas en sécurité là-bas... C'est cela non ?

— Oui.

— C'était vraiment une drôle d'époque...

— Quelle époque ?

Elle ne répondit pas et alluma une autre cigarette.

— J'aimerais vous montrer quelques photos, lui dis-je.

Je sortis de la poche intérieure de ma veste une enveloppe qui ne me quittait plus et où j'avais rangé toutes les photos. Je lui montrai celle de Freddie Howard de Luz, de Gay Orlow, de la jeune femme inconnue et de moi, prise dans la « salle à manger d'été ».

114

— Vous me reconnaissez ?

Elle s'était tournée pour regarder la photo à la lumière du soleil.

— Vous êtes avec Denise, mais je ne connais pas les deux autres...

Ainsi, c'était Denise.

— Vous ne connaissiez pas Freddie Howard de Luz ?

— Non.

— Ni Gay Orlow ?

— Non.

Les gens ont, décidément, des vies compartimentées et leurs amis ne se connaissent pas entre eux. C'est regrettable.

— J'ai encore deux photos d'elle.

Je lui tendis la minuscule photo d'identité et l'autre où on la voyait accoudée à la balustrade.

— Je connaissais déjà cette photo-là, me dit-elle... Je crois même qu'elle me l'avait envoyée de Megève... Mais je ne me souviens plus de ce que j'en ai fait...

Je lui repris la photo des mains et la regardai attentivement. Megève. Derrière Denise il y avait une petite fenêtre avec un volet de bois. Oui, le volet et la balustrade auraient pu être ceux d'un chalet de montagne.

— Ce départ pour Megève était quand même une drôle d'idée, déclarai-je brusquement. Denise vous avait dit ce qu'elle en pensait ?

Elle contemplait la petite photo d'identité. J'at-

tendais, le cœur battant, qu'elle voulût bien
répondre.

Elle releva la tête.

— Oui... Elle m'en avait parlé... Elle me disait
que Megève était un endroit sûr... Et que vous
auriez toujours la possibilité de passer la frontière...

— Oui... Évidemment...

Je n'osais pas aller plus loin. Pourquoi suis-je si
timide et si craintif au moment d'aborder les sujets
qui me tiennent à cœur ? Mais elle aussi, je le
comprenais à son regard, aurait voulu que je lui
donne des explications. Nous restions silencieux
l'un et l'autre. Enfin, elle se décida :

— Mais qu'est-ce qui s'est passé à Megève ?

Elle me posait la question de manière si pressante
que pour la première fois, je me sentis gagné par le
découragement et même plus que le découragement, par le désespoir qui vous prend lorsque vous
vous rendez compte qu'en dépit de vos efforts, de
vos qualités, de toute votre bonne volonté, vous
vous heurtez à un obstacle insurmontable.

— Je vous expliquerai... Un autre jour...

Il devait y avoir quelque chose d'égaré dans ma
voix ou dans l'expression de mon visage puisqu'elle
m'a serré le bras comme pour me consoler et qu'elle
m'a dit :

— Excusez-moi de vous poser des questions
indiscrètes... Mais... J'étais une amie de Denise...

— Je comprends...

Elle s'était levée.

— Attendez-moi un instant...

116

Elle quitta la pièce. Je regardai à mes pieds les flaques de lumière que formaient les rayons du soleil sur le tapis de laine blanche. Puis les lattes du parquet, et la table rectangulaire, et le vieux mannequin qui avait appartenu à « Denise ». Se peut-il qu'on ne finisse pas par reconnaître un endroit où l'on a vécu ?

Elle revenait, en tenant quelque chose à la main. Deux livres. Un agenda.

— Denise avait oublié ça en partant. Tenez... je vous les donne...

J'étais surpris qu'elle n'eût pas rangé ces souvenirs dans une boîte, comme l'avaient fait Stioppa de Djagoriew et l'ancien jardinier de la mère de Freddie. En somme, c'était la première fois, au cours de ma recherche, qu'on ne me donnait pas de boîte. Cette pensée me fit rire.

— Qu'est-ce qui vous amuse ?

— Rien.

Je contemplai les couvertures des livres. Sur l'une d'elles, le visage d'un Chinois avec une moustache et un chapeau melon apparaissait dans la brume bleue. Un titre : *Charlie Chan*. L'autre couverture était jaune et au bas de celle-ci je remarquai le dessin d'un masque piqué d'une plume d'oie. Le livre s'appelait *Lettres anonymes*.

— Qu'est-ce que Denise pouvait lire comme romans policiers !... me dit-elle. Il y a ça aussi...

Elle me tendit un petit agenda de crocodile.

— Merci.

Je l'ouvris et le feuilletai. Rien n'avait été écrit :

aucun nom, aucun rendez-vous. L'agenda indiquait les jours et les mois, mais pas l'année. Je finis par découvrir entre les pages un papier que je dépliai :

République française
Préfecture du département de la Seine
Extrait des minutes des actes de naissance du XIIIe arrondissement de Paris
Année 1917
Le 21 décembre mille neuf cent dix-sept
A quinze heures est née, quai d'Austerlitz 19, Denise Yvette Coudreuse, du sexe féminin, de
Paul Coudreuse, et de Henriette Bogaerts, sans profession, domiciliés comme dessus
Mariée le 3 avril 1939 à Paris (XVIIe), à Jimmy Pedro Stern.
Pour extrait conforme
Paris — le seize juin 1939

— Vous avez vu ? dis-je.

Elle jeta un regard surpris sur cet acte de naissance.

— Vous avez connu son mari ? Ce... Jimmy Pedro Stern ?

— Denise ne m'avait jamais dit qu'elle avait été mariée... Vous le saviez, vous ?

— Non.

J'enfonçai l'agenda et l'acte de naissance dans ma poche intérieure, avec l'enveloppe qui contenait les photos, et je ne sais pas pourquoi une idée me traversa : celle de dissimuler, dès que je le

118

pourrais, tous ces trésors dans les doublures de ma veste.

— Merci de m'avoir donné ces souvenirs.

— Je vous en prie, monsieur McEvoy.

J'étais soulagé qu'elle répétât mon nom car je ne l'avais pas très bien entendu lorsqu'elle l'avait prononcé, la première fois. J'aurais voulu l'inscrire, là, tout de suite, mais j'hésitais sur l'orthographe.

— J'aime bien la manière dont vous prononcer mon nom, lui dis-je. C'est difficile pour une Française... Mais comment l'écrivez-vous ? On fait toujours des fautes d'orthographe en l'écrivant...

J'avais pris un ton espiègle. Elle sourit.

— M... C...E majuscule, V...O...Y... épela-t-elle.

— En un seul mot ? Vous en êtes bien sûre ?

— Tout à fait sûre, me dit-elle comme si elle déjouait un piège que je lui tendais.

Ainsi, c'était McEvoy.

— Bravo, lui dis-je.

— Je ne fais jamais de fautes d'orthographe.

— Pedro McEvoy... Je porte un drôle de nom, quand même, vous ne trouvez pas ? Il y a des moments où je n'y suis pas encore habitué...

— Tenez... J'allais oublier ça, me dit-elle.

Elle sortit de sa poche une enveloppe.

— C'est le dernier petit mot que j'ai reçu de Denise...

Je dépliai la feuille de papier et je lus :

Megève, le 14 février.

Chère Hélène,

C'est décidé. Nous passons demain la frontière avec Pedro. Je t'enverrai des nouvelles de là-bas, le plus vite possible.

En attendant, je te donne le numéro de téléphone de quelqu'un à Paris grâce auquel nous pouvons correspondre :

OLEG DE WRÉDÉ AUTeuil 54-73.

Je t'embrasse.

Denise.

— Et vous avez téléphoné ?

— Oui, mais on me disait chaque fois que ce monsieur était absent.

— Qui était ce... Wrédé ?

— Je ne sais pas. Denise ne m'en a jamais parlé...

Le soleil, peu à peu, avait déserté la pièce. Elle a allumé la petite lampe, sur la table basse, au bout du divan.

— Ça me ferait plaisir de revoir la chambre où j'ai habité, lui dis-je.

— Mais bien sûr...

Nous longeâmes un couloir et elle ouvrit une porte, à droite.

— Voilà, me dit-elle. Moi, je ne me sers plus de

120

cette chambre... Je dors dans la chambre d'amis...
Vous savez... celle qui donne sur la cour...

Je restai dans l'encadrement de la porte. Il faisait
encore assez clair. Des deux côtés de la fenêtre
pendait un rideau couleur lie-de-vin. Les murs
étaient recouverts d'un papier peint aux motifs bleu
pâle.

— Vous reconnaissez ? me demanda-t-elle.

— Oui.

Un sommier contre le mur du fond. Je vins
m'asseoir au bord de ce sommier.

— Est-ce que je peux rester quelques minutes
seul ?

— Bien sûr.

— Ça me rappellera le « bon temps »...

Elle me jeta un regard triste et hocha la tête.

— Je vais préparer un peu de thé...

Dans cette chambre aussi le parquet était abîmé
et des lattes manquaient mais on n'avait pas
bouché les trous. Sur le mur opposé à la fenêtre,
une cheminée de marbre blanc et une glace, au-
dessus, dont le cadre doré se compliquait, à chaque
coin, d'un coquillage. Je m'étendis en travers du
sommier et fixai le plafond, puis les motifs du
papier peint. Je collai presque mon front au mur
pour mieux en discerner les détails. Scènes champê-
tres. Jeunes filles en perruque sur les escarpolettes.
Bergers aux culottes bouffantes, jouant de la man-
doline. Futaies au clair de lune. Tout cela ne
m'évoquait aucun souvenir et pourtant ces dessins

avaient dû m'être familiers quand je dormais dans ce lit. Je cherchai au plafond, aux murs et du côté de la porte, un indice, une trace quelconque sans savoir très bien quoi. Mais rien n'accrochait mon regard.

Je me suis levé et j'ai marché jusqu'à la fenêtre. J'ai regardé, en bas.

La rue était déserte et plus sombre que lorsque j'étais entré dans l'immeuble. L'agent de police se tenait toujours en faction sur le trottoir d'en face. Vers la gauche, si je penchais la tête, j'apercevais une place, déserte elle aussi, avec d'autres agents de police en faction. Il semblait que les fenêtres de tous ces immeubles absorbassent l'obscurité qui tombait peu à peu. Elles étaient noires ces fenêtres et on voyait bien que personne n'habitait par ici.

Alors, une sorte de déclic s'est produit en moi. La vue qui s'offrait de cette chambre me causait un sentiment d'inquiétude, une appréhension que j'avais déjà connues. Ces façades, cette rue déserte, ces silhouettes en faction dans le crépuscule me troublaient de la même manière insidieuse qu'une chanson ou un parfum jadis familiers. Et j'étais sûr que, souvent, à la même heure, je m'étais tenu là, immobile, à guetter, sans faire le moindre geste, et sans même oser allumer une lampe.

Quand je suis rentré dans le salon, j'ai cru qu'il n'y avait plus personne, mais elle était allongée sur la banquette de velours. Elle dormait. Je me suis approché doucement, et j'ai pris place à l'autre bout de la banquette. Un plateau avec une théière et deux tasses, au milieu du tapis de laine blanche. J'ai toussoté. Elle ne se réveillait pas. Alors j'ai versé du thé dans les deux tasses. Il était froid.

La lampe, près de la banquette, laissait toute une partie de la pièce dans l'ombre et je distinguais à peine la table, le mannequin et la machine à coudre, ces objets que « Denise » avait abandonnés là. Quelles avaient été nos soirées dans cette pièce ? Comment le savoir ?

Je buvais le thé à petites gorgées. J'entendais son souffle, un souffle presque imperceptible, mais la pièce était à ce point silencieuse que le moindre bruit, le moindre chuchotement se serait détaché avec une netteté inquiétante. A quoi bon la réveiller ? Elle ne pouvait pas m'apprendre grand-chose. J'ai posé ma tasse sur le tapis de laine.

J'ai fait craquer le parquet juste au moment où je quittais la pièce et m'engageais dans le couloir.

A tâtons, j'ai cherché la porte, puis la minuterie de l'escalier. J'ai refermé la porte le plus doucement possible. A peine avais-je poussé l'autre porte aux carreaux vitrés pour traverser l'entrée de l'immeuble que cette sorte de déclic que j'avais éprouvé en regardant par la fenêtre de la chambre s'est produit de nouveau. L'entrée était éclairée par un globe au plafond qui répandait une lumière blanche. Peu à peu, je m'habituai à cette lumière trop vive. Je restai là, à contempler les murs gris et les carreaux de la porte qui brillaient.

Une impression m'a traversé, comme ces lambeaux de rêve fugitifs que vous essayez de saisir au réveil pour reconstituer le rêve entier. Je me voyais, marchant dans un Paris obscur, et poussant la porte de cet immeuble de la rue Cambacérès. Alors mes yeux étaient brusquement éblouis et pendant quelques secondes je ne voyais plus rien, tant cette lumière blanche de l'entrée contrastait avec la nuit du dehors.

A quelle époque cela remontait-il ? Du temps où je m'appelais Pedro McEvoy et où je rentrais ici chaque soir ? Est-ce que je reconnaissais l'entrée, le grand paillasson rectangulaire, les murs gris, le globe au plafond, cerné d'un anneau de cuivre ? Derrière les carreaux vitrés de la porte, je voyais le départ de l'escalier que j'ai eu envie de monter lentement pour refaire les gestes que je faisais et suivre mes anciens itinéraires.

Je crois qu'on entend encore dans les entrées d'immeubles l'écho des pas de ceux qui avaient l'habitude de les traverser et qui, depuis, ont disparu. Quelque chose continue de vibrer après leur passage, des ondes de plus en plus faibles, mais que l'on capte si l'on est attentif. Au fond, je n'avais peut-être jamais été ce Pedro McEvoy, je n'étais rien, mais des ondes me traversaient, tantôt lointaines, tantôt plus fortes et tous ces échos épars qui flottaient dans l'air se cristallisaient et c'était moi.

Hôtel Castille, rue Cambon. En face de la réception, un petit salon. Dans la bibliothèque vitrée, l'histoire de la Restauration de L. de Viel-Castel. Un soir, j'ai peut-être pris l'un des volumes avant de monter dans ma chambre, et oublié à l'intérieur la lettre, la photo ou le télégramme qui me servait à marquer la page. Mais je n'ose pas demander au concierge la permission de feuilleter les dix-sept volumes, pour retrouver cette trace de moi-même.

Au fond de l'hôtel, une cour bordée d'un mur aux treillages verts que recouvre le lierre. Le sol est de pavés ocre, de la couleur du sable des terrains de tennis. Tables et chaises de jardin.

Ainsi, j'avais vécu là avec cette Denise Coudreuse. Notre chambre donnait-elle sur la rue Cambon ou sur la cour ?

19, quai d'Austerlitz. Un immeuble de trois étages, avec une porte cochère ouverte sur un couloir aux murs jaunes. Un café dont l'enseigne est *A la Marine*. Derrière la porte vitrée, un panneau est accroché où on lit : « MEN SPREEKT VLAAMSCH », en caractères rouge vif.

Une dizaine de personnes se pressaient au comptoir. Je me suis assis à l'une des tables vides. Une grande photographie d'un port sur le mur du fond : ANVERS, comme il était écrit au bas de la photo.

Les clients parlaient très fort au comptoir. Ils devaient tous travailler dans le quartier et buvaient l'apéritif du soir. Près de l'entrée vitrée, un flipper devant lequel se trouvait un homme en complet bleu marine et cravate dont l'habit tranchait avec ceux des autres qui portaient des canadiennes, des vestes de cuir ou des salopettes. Il jouait placidement, en tirant d'une main molle la tige à ressort du flipper.

La fumée des cigarettes et des pipes me picotait

les yeux et me faisait tousser. Il flottait une odeur de saindoux.

— Vous désirez ?

Je ne l'avais pas vu s'approcher de moi. J'avais même pensé que personne ne viendrait me demander ce que je voulais, tant ma présence à une table du fond passait inaperçue.

— Un espresso.

C'était un homme de petite taille, la soixantaine, les cheveux blancs, le visage rouge déjà congestionné sans doute par divers apéritifs. Ses yeux d'un bleu clair paraissaient encore plus délavés sur ce teint rouge vif. Il y avait quelque chose de gai dans ce blanc, ce rouge et ce bleu aux tonalités de faïence.

— Excusez-moi..., lui dis-je au moment où il repartait vers le comptoir. Qu'est-ce que ça veut dire l'inscription sur la porte ?

— MEN SPREEKT VLAAMSCH ?

Il avait prononcé cette phrase d'une voix sonore.

— Oui ?

— On parle flamand.

Il me plantait là et se dirigeait vers le comptoir d'une démarche chaloupée. Du bras, il écartait sans ménagement les clients qui gênaient son passage.

Il revint avec la tasse de café qu'il tenait des deux mains, les bras tendus devant lui, comme s'il faisait un gros effort pour éviter que cette tasse ne tombât.

— Voilà.

Il posa la tasse au milieu de la table, en soufflant aussi fort qu'un coureur de marathon à l'arrivée.

— Monsieur... Ça vous dit quelque chose...
COUDREUSE?

J'avais posé la question brutalement.

Il s'affala sur la chaise en face de moi et croisa les bras.

Il soufflait toujours.

— Pourquoi ? Vous avez connu... Coudreuse ?

— Non, mais j'en ai entendu parler dans ma famille.

Son teint était devenu rouge brique et de la sueur perlait aux ailes de son nez.

— Coudreuse... Il habitait là-haut, au deuxième étage...

Il avait un léger accent. J'avalais une gorgée de café, bien décidé à le laisser parler, car une autre question l'effaroucherait peut-être.

— Il travaillait à la gare d'Austerlitz... Sa femme était d'Anvers, comme moi...

— Il avait une fille, non ?

Il sourit.

— Oui. Une jolie petite... Vous l'avez connue ?

— Non, mais j'en ai entendu parler...

— Qu'est-ce qu'elle devient ?

— Justement, j'essaie de le savoir.

— Elle venait tous les matins ici chercher les cigarettes de son père. Coudreuse fumait des Laurens, des cigarettes belges...

Il était absorbé par ce souvenir et je crois que, comme moi, il n'entendait plus les éclats de voix et de rire ni le bruit de mitrailleuse du flipper, à côté de nous.

— Un chic type, Coudreuse... Je dînais souvent avec eux, là-haut... On parlait flamand avec sa femme...

— Vous n'avez plus de nouvelles d'eux ?

— Il est mort... Sa femme est retournée à Anvers...

Et d'un grand geste de la main, il a balayé la table.

— Ça remonte à la nuit des temps, tout ça...

— Vous dites qu'elle venait chercher les cigarettes de son père... Quelle était la marque, déjà ?

— Des Laurens.

J'espérais retenir ce nom.

— Une drôle de gamine... à dix ans, elle faisait déjà des parties de billard avec mes clients...

Il me désignait une porte au fond du café qui donnait certainement accès à la salle de billard. Ainsi c'était là qu'elle avait appris ce jeu.

— Attendez, me dit-il. Je vais vous montrer quelque chose...

Il se leva pesamment et marcha vers le comptoir. De nouveau il écarta du bras tous ceux qui se trouvaient sur son passage. La plupart des clients avaient des casquettes de mariniers et parlaient une drôle de langue, le flamand sans doute. J'ai pensé que c'était à cause des péniches amarrées en bas, quai d'Austerlitz, et qui devaient venir de Belgique.

— Tenez... Regardez...

Il s'était assis en face de moi et me tendait un vieux magazine de modes sur la couverture duquel il y avait une jeune fille, les cheveux châtains, les

129

yeux clairs, avec ce je ne sais quoi d'asiatique dans les traits. Je la reconnus aussitôt : Denise. Elle portait un boléro noir et tenait une orchidée.

— C'était Denise, la fille de Coudreuse... Vous voyez... Une jolie petite... Elle a fait le mannequin... Je l'ai connue, quand elle était gamine...

La couverture du magazine était tachée et barrée de Scotch.

— Moi, je la revois toujours quand elle venait chercher les Laurens...

— Elle n'était pas... couturière ?

— Non. Je ne crois pas.

— Et vous ne savez vraiment pas ce qu'elle est devenue ?

— Non.

— Vous n'avez pas l'adresse de sa mère à Anvers ?

Il hochait la tête. Il avait l'air navré.

— Tout ça, c'est fini, mon vieux...

Pourquoi ?

— Vous ne voulez pas me prêter ce journal ? lui demandai-je.

— Si, mon vieux, mais vous me promettez de me le rendre.

— C'est promis.

— J'y tiens. C'est comme un souvenir de famille.

— A quelle heure venait-elle chercher les cigarettes ?

— Toujours à huit heures moins le quart. Avant d'aller à l'école.

— A quelle école ?

— Rue Jenner. On l'accompagnait quelquefois avec son père.

J'ai avancé la main vers le magazine, l'ai saisi rapidement et l'ai tiré vers moi, le cœur battant. Il pouvait, en effet, changer d'avis et le garder.

— Merci. Je vous le rapporterai demain.

— Sans faute, hein ?

Il me regardait d'un air soupçonneux.

— Mais pourquoi ça vous intéresse ? Vous êtes de la famille ?

— Oui.

Je ne pouvais m'empêcher de contempler la couverture du magazine. Denise paraissait un peu plus jeune que sur les photos que je possédais déjà. Elle portait des boucles d'oreilles et, dépassant de l'orchidée qu'elle tenait, des branches de fougères lui cachaient à moitié le cou. A l'arrière-plan, il y avait un ange de bois sculpté. Et en bas, dans le coin gauche de la photographie, ces mots dont les caractères minuscules et rouges ressortaient bien sur le boléro noir : « Photo Jean-Michel Mansoure. »

— Vous voulez boire quelque chose ? me demanda-t-il.

— Non merci.

— Alors, je vous offre votre café.

— C'est trop gentil.

Je me levai, le magazine à la main. Il me précéda et m'ouvrit un passage à travers les clients, de plus en plus nombreux au comptoir. Il leur disait un mot, en flamand. Nous mîmes beaucoup de temps pour parvenir jusqu'à la porte vitrée. Il l'ouvrit et s'épongea le nez.

— Vous n'oubliez pas de me le rendre, hein ? me dit-il en me désignant le magazine.

Il referma la porte vitrée et me suivit sur le trottoir.

— Vous voyez... Ils habitaient là-haut... au deuxième étage...

Les fenêtres étaient allumées. Au fond de l'une des pièces, je distinguais une armoire de bois sombre.

— Il y a d'autres locataires...

— Quand vous dîniez avec eux, c'était dans quelle pièce ?

— Celle-là... à gauche...

Et il me désignait la fenêtre.

Et la chambre de Denise ?

— Elle donnait de l'autre côté... Sur la cour...

Il était pensif, à côté de moi. Je finis par lui tendre la main.

— Au revoir. Je vous rapporterai le journal.

— Au revoir.

Il me regardait, sa grosse tête rouge contre le carreau. La fumée des pipes et des cigarettes noyait les clients du comptoir dans un brouillard jaune et cette grosse tête rouge était à son tour de plus en plus floue, à cause de la buée que son souffle étalait sur la vitre.

Il faisait nuit. L'heure où Denise rentrait de l'école, si toutefois elle restait à l'étude du soir. Quel chemin suivait-elle ? Venait-elle de la droite ou de la

132

gauche ? J'avais oublié de le demander au patron du café. En ce temps-là, il y avait moins de circulation et les feuillages des platanes formaient une voûte au-dessus du quai d'Austerlitz. La gare elle-même, plus loin, ressemblait certainement à celle d'une ville du Sud-Ouest. Plus loin encore, le jardin des Plantes, et l'ombre et le silence lourd de la Halle aux Vins ajoutaient au calme du quartier.

J'ai passé la porte de l'immeuble et j'ai allumé la minuterie. Un couloir dont le vieux dallage était à losanges noirs et gris. Un paillasson, en fer. Au mur jaune, des boîtes aux lettres. Et toujours cette odeur de saindoux.

Si je fermais les yeux, pensais-je, si je me concentrais en appuyant les doigts de mes mains contre mon front, peut-être parviendrais-je à entendre, de très loin, le claquement de ses sandales dans l'escalier.

XVIII

Mais je crois que c'est dans un bar d'hôtel que nous nous sommes rencontrés pour la première fois, Denise et moi. Je me trouvais avec l'homme que l'on voit sur les photos, ce Freddie Howard de Luz, mon ami d'enfance, et avec Gay Orlow. Ils habitaient l'hôtel pour quelque temps car ils revenaient d'Amérique. Gay Orlow m'a dit qu'elle attendait une amie, une fille dont elle avait fait récemment la connaissance.

Elle marchait vers nous et tout de suite son visage m'a frappé. Un visage d'Asiatique bien qu'elle fût presque blonde. Des yeux très clairs et bridés. Des pommettes hautes. Elle portait un curieux petit chapeau qui rappelait la forme des chapeaux tyroliens et elle avait les cheveux assez courts.

Freddie et Gay Orlow nous ont dit de les attendre un instant et sont montés dans leur chambre. Nous sommes restés l'un en face de l'autre. Elle a souri.

Nous ne parlions pas. Elle avait des yeux pâles, traversés de temps en temps par quelque chose de vert.

XIX

Mansoure. Jean-Michel. 1, rue Gabrielle,
XVIIIe. CLI 72-01.

XX

— Excusez-moi, me dit-il quand je vins m'asseoir à sa table dans un café de la place Blanche où il m'avait proposé, au téléphone, de le retrouver vers six heures du soir. Excusez-moi, mais je donne toujours mes rendez-vous à l'extérieur... Surtout pour un premier contact... Maintenant, nous pouvons aller chez moi...

Je l'avais reconnu facilement car il m'avait précisé qu'il porterait un costume de velours vert sombre et que ses cheveux étaient blancs, très blancs et coupés en brosse. Cette coupe stricte tranchait avec ses longs cils noirs qui battaient sans cesse, ses yeux en amande et la forme féminine de sa bouche : lèvre supérieure sinueuse, lèvre inférieure tendue et impérative.

Debout, il me sembla de taille moyenne. Il enfila un imperméable et nous sortîmes du café.

Quand nous fûmes sur le terre-plein du boulevard de Clichy, il me désigna un immeuble, à côté du Moulin-Rouge, et me dit :

— En d'autres temps, je vous aurais donné rendez-vous chez Graff... Là-bas... Mais ça n'existe plus...

Nous traversâmes le boulevard et prîmes la rue Coustou. Il pressait le pas, en jetant un regard furtif vers les bars glauques du trottoir de gauche, et quand nous fûmes arrivés à la hauteur du grand garage, il courait presque. Il ne s'arrêta qu'au coin de la rue Lepic.

— Excusez-moi, me dit-il, essoufflé, mais cette rue me rappelle de drôles de souvenirs... Excusez-moi...

Il avait vraiment eu peur. Je crois même qu'il tremblait.

— Ça va aller mieux maintenant... Ici, tout va aller bien...

Il souriait en regardant devant lui la montée de la rue Lepic avec les étalages du marché et les magasins d'alimentation bien éclairés.

Nous nous engageâmes dans la rue des Abbesses. Il marchait d'un pas calme et détendu. J'avais envie de lui demander quels « drôles de souvenirs » lui rappelait la rue Coustou mais je n'osais pas être indiscret ni provoquer chez lui cette nervosité qui m'avait étonné. Et tout à coup, avant d'arriver place des Abbesses, il pressa le pas, de nouveau. Je marchais à sa droite. A l'instant où nous traversions la rue Germain-Pilon, je le vis jeter un regard horrifié vers cette rue étroite aux maisons basses et sombres qui descend en pente assez raide jusqu'au boulevard. Il me serra très fort le bras. Il s'agrippait

à moi comme s'il voulait s'arracher à la contempla-
tion de cette rue. Je l'entraînai vers l'autre trottoir.

— Merci... Vous savez... c'est très drôle...

Il hésita, au bord de la confidence.

— J'ai... J'ai le vertige chaque fois que je
traverse le bout de la rue Germain-Pilon... J'ai...
J'ai envie de descendre... C'est plus fort que moi...

— Pourquoi ne descendez-vous pas ?

— Parce que... cette rue Germain-Pilon...
Autrefois il y avait... Il y avait un endroit...

Il s'interrompit.

— Oh..., me dit-il avec un sourire évasif. C'est
idiot de ma part... Montmartre a tellement
changé... Ce serait long à vous expliquer... Vous
n'avez pas connu le Montmartre d'avant...

Qu'en savait-il ?

Il habitait, rue Gabrielle, un immeuble en bordure des jardins du Sacré-Cœur. Nous montâmes
par l'escalier de service. Il mit beaucoup de temps à
ouvrir la porte : trois serrures dans lesquelles il fit
tourner des clés différentes avec la lenteur et
l'application que l'on met à suivre la combinaison
très subtile d'un coffre-fort.

Un minuscule appartement. Il ne se composait
que d'un salon et d'une chambre qui, à l'origine, ne
devaient former qu'une seule pièce. Des rideaux de
satin rose, retenus par des cordelettes en fil d'argent, séparaient la chambre du salon. Celui-ci était
tendu de soie bleu ciel et l'unique fenêtre cachée par
des rideaux de la même couleur. Des guéridons en
laque noir sur lesquels étaient disposés des objets en

ivoire ou en jade, des fauteuils-crapauds à l'étoffe vert pâle et un canapé recouvert d'un tissu à ramages d'un vert encore plus dilué, donnaient à l'ensemble l'aspect d'une bonbonnière. La lumière venait des appliques dorées du mur.

— Asseyez-vous, me dit-il.

Je pris place sur le canapé à ramages. Il s'assit à côté de moi.

— Alors... montrez-moi ça...

Je sortis de la poche de ma veste le magazine de modes et lui désignai la couverture, où l'on voyait Denise. Il me prit des mains le magazine, et mit des lunettes à grosse monture d'écaille.

— Oui... oui... Photo Jean-Michel Mansoure... C'est bien moi... Il n'y a pas de doute possible...

— Vous vous souvenez de cette fille ?

— Pas du tout. Je travaillais rarement pour ce journal... C'était un petit journal de modes... Moi, je travaillais surtout pour *Vogue,* vous comprenez...

Il voulait marquer ses distances.

— Et vous n'auriez pas d'autres détails au sujet de cette photo ?

Il me considéra d'un air amusé. Sous la lumière des appliques, je m'aperçus que la peau de son visage était marquée de minuscules rides et de taches de son.

— Mais, mon cher, je vais vous le dire tout de suite...

Il se leva, le magazine à la main, et ouvrit d'un tour de clé une porte que je n'avais pas remarquée jusque-là, parce qu'elle était tendue de soie bleu

140

ciel, comme les murs. Elle donnait accès à un cagibi. Je l'entendis manœuvrer de nombreux tiroirs métalliques. Au bout de quelques minutes, il sortit du cagibi dont il referma la porte soigneusement.

— Voilà, me dit-il. j'ai la petite fiche avec les négatifs. Je conserve tout, depuis le début... C'est rangé par années et par ordre alphabétique...

Il revint s'asseoir à côté de moi et consulta la fiche.

— Denise... Coudreuse... C'est bien ça ?

— Oui.

— Elle n'a plus jamais fait de photos avec moi... Maintenant, je me souviens de cette fille... Elle a fait beaucoup de photos avec Hoynigen-Hunne...

— Qui ?

— Hoyningen-Hunne, un photographe alle-mand... Mais oui... C'est vrai... Elle a beaucoup travaillé avec Hoyningen-Huene...

Chaque fois que Mansoure prononçait ce nom aux sonorités lunaires et plaintives, je sentais se poser sur moi les yeux pâles de Denise, comme la première fois.

— J'ai son adresse de l'époque, si cela vous intéresse...

— Cela m'intéresse, répondis-je d'une voix altérée.

— 97, rue de Rome, Paris, XVIIᵉ arrondisse-ment. 97, rue de Rome...

Il leva brusquement la tête vers moi. Son visage

était d'une blancheur effrayante, ses yeux écar-
quillés.

— 97, rue de Rome...

— Mais... qu'y a-t-il ? lui demandai-je.

— Je me souviens très bien de cette fille, maintenant... J'avais un ami qui habitait le même
immeuble...

Il me regardait d'un air soupçonneux et semblait
aussi troublé que lorsqu'il avait traversé la rue
Coustou et le haut de la rue Germain-Pilon.

— Drôle de coïncidence... Je m'en souviens très
bien... Je suis venu la chercher chez elle, rue de
Rome, pour faire les photos et j'en ai profité pour
aller dire bonjour à cet ami... Il habitait l'étage au-
dessus...

— Vous avez été chez elle ?

— Oui. Mais nous avons fait les photos dans
l'appartement de mon ami... Il nous tenait compagnie...

— Quel ami ?

Il était de plus en plus pâle. Il avait peur.

— Je... vais vous expliquer... Mais avant, j'aimerais boire quelque chose... pour me remonter...

Il se leva et marcha vers une petite table roulante,
qu'il poussa devant le canapé. Sur le plateau
supérieur quelques carafons étaient rangés avec des
bouchons de cristal et des plaques d'argent en forme
de gourmettes, comme en portaient autour du cou
les musiciens de la Wehrmacht, et où étaient gravés
les noms des liqueurs.

— Je n'ai que des alcools sucrés... Ça ne vous dérange pas ?

— Pas du tout.

— Je prends un peu de Marie Brizard... et vous ?

— Moi aussi.

Il versa la Marie Brizard dans des verres étroits et quand je goûtai cette liqueur, elle se confondit avec les satins, les ivoires et les dorures un peu écœurantes autour de moi. Elle était l'essence même de cet appartement.

— Cet ami qui habitait rue de Rome... a été assassiné...

Il avait prononcé le dernier mot avec réticence et il faisait sûrement cet effort pour moi, sinon il n'aurait pas eu le courage d'employer un terme si précis.

— C'était un Grec d'Égypte... Il a écrit des poèmes, et deux livres...

— Et vous croyez que Denise Coudreuse le connaissait ?

— Oh... Elle devait le rencontrer dans l'escalier, me dit-il, agacé, car ce détail, pour lui, n'avait aucune importance.

— Et... Ça s'est passé dans l'immeuble ?

— Oui.

— Denise Coudreuse habitait dans l'immeuble à ce moment-là ?

Il n'avait même pas entendu ma question.

— Ça s'est passé pendant la nuit... Il avait fait monter quelqu'un dans son appartement... Il faisait monter n'importe qui dans son appartement...

— On a retrouvé l'assassin ?...

Il a haussé les épaules.

— On ne retrouve jamais ce genre d'assassins... J'étais sûr que cela finirait par lui arriver... Si vous aviez vu la tête de certains garçons qu'il invitait chez lui, le soir... Même en plein jour, j'aurais eu peur...

Il souriait d'un drôle de sourire, à la fois ému et horrifié.

— Comment s'appelait votre ami ? lui demandai-je.

— Alec Scouffi. Un Grec d'Alexandrie.

Il se leva brusquement et écarta les rideaux de soie bleu ciel, découvrant la fenêtre. Puis il s'assit de nouveau, à côté de moi, sur le canapé.

— Excusez-moi... Mais il y a des moments où j'ai l'impression que quelqu'un se cache derrière les rideaux... Encore un peu de Marie Brizard ? Oui, une goutte de Marie Brizard...

Il s'efforçait de prendre un ton joyeux et me serrait le bras comme s'il voulait se prouver que j'étais bien là, à côté de lui.

— Scouffi était venu s'installer en France... Je l'avais connu à Montmartre... Il avait écrit un très joli livre qui s'appelait *Navire à l'ancre*...

— Mais, monsieur, dis-je d'une voix ferme et en articulant bien les syllabes pour que cette fois il daignât entendre ma question, si vous me dites que Denise Coudreuse habitait l'étage au-dessous, elle a dû entendre quelque chose d'anormal cette nuit-là... On a dû l'interroger comme témoin...

— Peut-être.

144

Il haussa les épaules. Non, décidément, cette Denise Coudreuse qui comptait tant pour moi, et dont j'aurais voulu savoir le moindre geste, ne l'intéressait pas du tout, lui.

— Le plus terrible, c'est que je connais l'assassin... Il faisait illusion parce qu'il avait un visage d'ange... Pourtant son regard était très dur... Des yeux gris...

Il frissonna. On aurait dit que l'homme dont il parlait était là, devant nous, et le transperçait de ses yeux gris.

— Une ignoble petite gouape... La dernière fois que je l'ai vu, c'était pendant l'Occupation, dans un restaurant en sous-sol de la rue Cambon... Il était avec un Allemand...

Sa voix vibrait à ce souvenir, et bien que je fusse absorbé par la pensée de Denise Coudreuse, cette voix aiguë, cette sorte de plainte rageuse me causa une impression que j'aurais pu difficilement justifier et qui me semblait aussi forte qu'une évidence : au fond, il était jaloux du sort de son ami, et il en voulait à cet homme aux yeux gris de ne pas l'avoir assassiné, lui.

— Il vit toujours... Il est toujours là, à Paris... Je l'ai su par quelqu'un... Bien sûr, il n'a plus ce visage d'ange... Vous voulez entendre sa voix ?

Je n'eus pas le temps de répondre à cette question surprenante : il avait pris le téléphone, sur un pouf de cuir rouge, à côté de nous, et composait un numéro. Il me passa l'écouteur.

— Vous allez l'entendre... Attention... Il se fait appeler « Cavalier Bleu »...

Je n'entendis d'abord que les sonneries brèves et répétées qui annoncent que la ligne est occupée. Et puis, dans l'intervalle des sonneries, je distinguai des voix d'hommes et de femmes qui se lançaient des appels : — Maurice et Josy voudraient que René téléphone... — Lucien attend Jeannot rue de la Convention... — Mme du Barry cherche partenaire... — Alcibiade est seul ce soir...

Des dialogues s'ébauchaient, des voix se cherchaient les unes les autres en dépit des sonneries qui les étouffaient régulièrement. Et tous ces êtres sans visages tentaient d'échanger entre eux un numéro de téléphone, un mot de passe dans l'espoir de quelque rencontre. Je finis par entendre une voix plus lointaine que les autres qui répétait :

— « Cavalier Bleu » est libre ce soir... « Cavalier Bleu » est libre ce soi ... Donnez numéro de téléphone... Donnez numéro de téléphone...

— Alors, me demanda Mansoure, vous l'entendez ? Vous l'entendez ?

Il collait contre son oreille le combiné et rapprochait son visage du mien.

— Le numéro que j'ai fait n'est plus attribué à personne depuis longtemps, m'expliqua-t-il. Alors, ils se sont aperçus qu'ils pouvaient communiquer de cette façon.

Il se tut pour mieux écouter « Cavalier Bleu », et moi je pensais que toutes ces voix étaient des voix d'outre-tombe, des voix de personnes disparues —

146

voix errantes qui ne pouvaient se répondre les unes aux autres qu'à travers un numéro de téléphone désaffecté.

— C'est effrayant... effrayant..., répétait-il, en pressant le combiné contre son oreille. Cet assassin... Vous entendez ?...

Il raccrocha brusquement. Il était en sueur.

— Je vais vous montrer une photo de mon ami que cette petite gouape a assassiné... Et je vais essayer de vous trouver son roman *Navire à l'ancre*... Vous devriez le lire...

Il se leva et passa dans sa chambre, séparée du salon par les rideaux de satin rose. A moitié caché par ceux-ci, j'apercevais un lit très bas, recouvert d'une fourrure de guanaco.

J'avais marché jusqu'à la fenêtre et je regardais, en contrebas, les rails du funiculaire de Montmartre, les jardins du Sacré-Cœur et plus loin, tout Paris, avec ses lumières, ses toits, ses ombres. Dans ce dédale de rues et de boulevards, nous nous étions rencontrés un jour, Denise Coudreuse et moi. Itinéraires qui se croisent, parmi ceux que suivent des milliers et des milliers de gens à travers Paris, comme mille et mille petites boules d'un gigantesque billard électrique, qui se cognent parfois l'une à l'autre. Et de cela, il ne restait rien, pas même la traînée lumineuse que fait le passage d'une luciole.

Mansoure, essoufflé, réapparut entre les rideaux roses, un livre et plusieurs photos à la main.

— J'ai trouvé !... J'ai trouvé !...

Il était rayonnant. Il craignait sans doute d'avoir

égaré ces reliques. Il s'assit en face de moi et me tendit le livre.

— Voilà... J'y tiens beaucoup, mais je vous le prête... Il faut absolument que vous le lisiez... C'est un beau livre... Et quel pressentiment !... Alec avait prévu sa mort...

Son visage s'assombrit.

— Je vous donne aussi deux ou trois photos de lui...

— Vous ne voulez pas les garder ?

— Non, non ! Ne vous inquiétez pas... J'en ai des dizaines comme ça... Et tous les négatifs !...

J'eus envie de lui demander de me tirer quelques photos de Denise Coudreuse, mais je n'osai pas.

— Ça me fait plaisir de donner à un garçon comme vous des photos d'Alec...

— Merci.

— Vous regardiez par la fenêtre ? Belle vue, hein ? Dire que l'assassin d'Alec est quelque part là-dedans...

Et il caressait sur la vitre, du revers de la main, tout Paris, en bas.

— Ce doit être un vieux, maintenant... un vieux effrayant... maquillé...

Il tira les rideaux de satin rose, d'un geste frileux.

— Je préfère ne pas y penser.

— Il va falloir que je rentre, lui dis-je. Encore merci pour les photos.

— Vous me laissez seul ? Vous ne voulez pas une dernière goutte de Marie Brizard ?

— Non merci.

Il m'accompagna jusqu'à la porte de l'escalier de service à travers un couloir tendu de velours bleu nuit et éclairé par des appliques aux guirlandes de petits cristaux. Près de la porte, accrochée au mur, je remarquai la photo d'un homme dans un médaillon. Un homme blond, au beau visage énergique et aux yeux rêveurs.

— Richard Wall... Un ami américain... Assassiné lui aussi...

Il restait immobile devant moi, voûté.

— Et il y en a eu d'autres, me chuchota-t-il... Beaucoup d'autres... Si je faisais le compte... Tous ces morts...

Il m'ouvrit la porte... Je le vis si désemparé que je l'embrassai.

— Ne vous en faites pas, mon vieux, lui dis-je.

— Vous reviendrez me voir, hein ? Je me sens si seul... Et j'ai peur...

— Je reviendrai.

— Et surtout, lisez le livre d'Alec...

Je m'enhardis.

— S'il vous plaît... Vous pourriez me tirer quelques photos de... Denise Coudreuse ?

— Mais bien sûr. Tout ce que vous voudrez... Ne perdez pas les photos d'Alec. Et faites attention dans la rue...

Il a refermé la porte et je l'ai entendu qui tournait les verrous, les uns après les autres. Je suis resté un instant sur le palier. Je l'imaginais regagnant par le couloir bleu nuit le salon aux satins rose et vert. Et là, j'étais sûr qu'il prendrait de nouveau le télé-

149

phone, composerait le numéro, presserait fiévreusement le combiné contre son oreille, et ne se lasserait pas d'écouter en frissonnant les appels lointains de « Cavalier Bleu ».

XXI

Nous étions partis très tôt, ce matin-là, dans la voiture décapotable de Denise et je crois que nous sommes passés par la porte de Saint-Cloud. Il y avait du soleil car Denise était coiffée d'un grand chapeau de paille.

Nous sommes arrivés dans un village de Seine-et-Oise ou de Seine-et-Marne et nous avons suivi une rue en pente douce, bordée d'arbres. Denise a garé la voiture devant une barrière blanche qui donnait accès à un jardin. Elle a poussé la barrière et je l'ai attendue sur le trottoir.

Un saule pleureur, au milieu du jardin, et tout au fond, un bungalow. J'ai vu Denise entrer dans le bungalow.

Elle est revenue avec une fillette d'une dizaine d'années dont les cheveux étaient blonds et qui portait une jupe grise. Nous sommes montés tous les trois dans la voiture, la fillette à l'arrière et moi à côté de Denise qui conduisait. Je ne me souviens plus où nous avons déjeuné.

Mais l'après-midi nous nous sommes promenés dans le parc de Versailles et nous avons fait du canot avec la fillette. Les reflets du soleil sur l'eau m'éblouissaient. Denise m'a prêté ses lunettes noires.

Plus tard, nous étions assis tous les trois autour d'une table à parasol et la fillette mangeait une glace vert et rose. Près de nous, de nombreuses personnes en tenue estivale. La musique d'un orchestre. Nous avons ramené la fillette à la tombée de la nuit. En traversant la ville, nous sommes passés devant une foire et nous nous y sommes arrêtés.

Je revois la grande avenue déserte au crépuscule et Denise et la fillette dans une auto-tamponneuse mauve qui laissait un sillage d'étincelles. Elles riaient et la fillette me faisait un signe du bras. Qui était-elle ?

XXII

Ce soir-là, assis dans le bureau de l'Agence, je scrutais les photographies que m'avait données Mansoure.

Un gros homme, assis au milieu d'un canapé. Il porte une robe de chambre de soie brodée de fleurs. Entre le pouce et l'index de sa main droite, un fume-cigarette. De la main gauche, il retient les pages d'un livre, posé sur son genou. Il est chauve, il a le sourcil fourni et les paupières baissées. Il lit. Le nez court et épais, le pli amer de la bouche, le visage gras et oriental sont d'un bull-terrier. Au-dessus de lui, l'ange en bois sculpté que j'avais remarqué sur la couverture du magazine, derrière Denise Coudreuse.

La deuxième photo le présente debout, vêtu d'un complet blanc à veste croisée, d'une chemise à rayures et d'une cravate sombre. Il serre dans sa main gauche une canne à pommeau. Le bras droit replié et la main entrouverte lui donnent une allure précieuse. Il se tient très raide, presque sur la pointe de ses chaussures bicolores. Il se détache peu à peu de la photo, s'anime et je le vois marcher le long d'un boulevard, sous les arbres, d'un pas claudicant.

XXIII

Le 7 novembre 1965

Objet : SCOUFFI, Alexandre.
Né à : Alexandrie (Égypte), le 28 avril 1885.
Nationalité : grecque.

Alexandre Scouffi est venu pour la première fois en
France en 1920.
Il a résidé, successivement :
26, rue de Naples, à Paris (8e)
11, rue de Berne, à Paris (8e), dans un appartement meublé
Hôtel de Chicago, 99, rue de Rome, à Paris (17e)
97, rue de Rome, à Paris (17e), 5e étage.
Scouffi était un homme de lettres qui publia de
nombreux articles dans diverses revues, des poèmes de tous genres et deux romans : *Au Pois-
son D'or hôtel meublé* et *Navire à l'ancre.*
Il étudia également le chant et bien qu'il n'exerçât
pas la profession d'artiste lyrique, il se fit enten-

155

dre à la Salle Pleyel et au théâtre de La Monnaie à Bruxelles. A Paris, Scouffi attire l'attention de la brigade mondaine. Considéré comme indésirable, son expulsion est même envisagée.

En novembre 1924, alors qu'il demeurait 26, rue de Naples, il est interrogé par la police pour avoir tenté d'abuser d'un mineur.

De novembre 1930 à septembre 1931, il a vécu à l'hôtel de Chicago, 99, rue de Rome, en compagnie du jeune Pierre D. vingt ans, soldat du 8e génie à Versailles. Il semble que Scouffi fréquentait les bars spéciaux de Montmartre. Scouffi avait de gros revenus qui lui provenaient des propriétés qu'il hérita de son père, en Égypte.

Assassiné dans sa garçonnière du 97, rue de Rome. L'assassin n'a jamais été identifié.

Objet : DE WRÉDÉ, Oleg.
AUTeuil 54-73

Jusque-là, il a été impossible d'identifier la personne portant ce nom.

Il pourrait s'agir d'un pseudonyme ou d'un nom d'emprunt.

Ou d'un ressortissant étranger qui n'a fait qu'un court séjour en France.

Le numéro de téléphone AUTeuil 54-73 n'est plus attribué depuis 1952.

Pendant dix ans, de 1942 à 1952, il a été attribué au :

GARAGE DE LA COMÈTE
5, rue Foucault, Paris XVIᵉ

Ce garage est fermé depuis 1952 et va être prochai-
nement remplacé par un immeuble de rapport.
Un mot, joint à ce feuillet dactylographié :
« Voilà, cher ami, tous les renseignements que
j'ai pu recueillir. Si vous avez besoin d'autres
informations, n'hésitez pas à me le dire. Et trans-
mettez toutes mes amitiés à Hutte.

« Votre Jean-Pierre Bernardy. »

XXIV

Mais pourquoi Scouffi, ce gros homme au visage
de bouledogue, flotte-t-il dans ma mémoire embru-
mée plutôt qu'un autre ? Peut-être à cause du
costume blanc. Une tache vive, comme lorsque l'on
tourne le bouton de la radio et que parmi les
grésillements et tous les bruits de parasites, éclate la
musique d'un orchestre ou le timbre pur d'une
voix...

Je me souviens de la tache claire que faisait ce
costume dans l'escalier et des coups sourds et
réguliers de la canne à pommeau sur les marches. Il
s'arrêtait à chaque palier. Je l'ai croisé plusieurs fois
quand je montais à l'appartement de Denise. Je
revois avec précision la rampe de cuivre, le mur
beige, les doubles portes de bois foncé des appartements. Lumière d'une veilleuse aux étages et cette
tête, ce doux et triste regard de bouledogue qui
émergeait de l'ombre... Je crois même qu'il me
saluait au passage.

Un café, au coin de la rue de Rome et du boulevard des Batignolles. L'été, la terrasse déborde sur le trottoir et je m'assieds à l'une des tables. C'est le soir. J'attends Denise. Les derniers rayons du soleil s'attardent sur la façade et les verrières du garage, là-bas, de l'autre côté de la rue de Rome, en bordure de la voie ferrée...

Tout à coup, je l'aperçois qui traverse le boulevard.

Il porte son costume blanc et tient dans sa main droite la canne à pommeau. Il boite légèrement. Il s'éloigne en direction de la place Clichy et je ne quitte pas des yeux cette silhouette blanche et raide sous les arbres du terre-plein. Elle rapetisse, rapetisse, et finit par se perdre. Alors, je bois une gorgée de menthe à l'eau et me demande ce qu'il peut bien aller chercher, là-bas. Vers quel rendez-vous marche-t-il ?

Souvent, Denise était en retard. Elle travaillait — tout me revient maintenant grâce à cette silhouette blanche qui s'éloigne le long du boulevard — elle travaillait chez un couturier, rue La Boétie, un type blond et mince dont on a beaucoup parlé par la suite et qui faisait alors ses débuts. Je me souviens de son prénom : Jacques, et si j'en ai la patience, je retrouverai bien son nom dans les vieux Bottins du bureau de Hutte. Rue La Boétie...

La nuit était déjà tombée quand elle venait me rejoindre à la terrasse de ce café, mais moi cela ne me dérangeait pas, j'aurais pu rester longtemps encore devant ma menthe à l'eau. Je préférais attendre à cette terrasse plutôt que dans le petit appartement de Denise, tout près. Neuf heures. Il traversait le boulevard, comme à son habitude. On aurait dit que son coustume était phosphorescent. Denise et lui ont échangé quelques mots, un soir, sous les arbres du terre-plein. Ce costume d'une blancheur éblouissante, ce visage bistre de bouledogue, les feuillages vert électrique avaient quelque chose d'estival et d'irréel.

Denise et moi, nous prenions le chemin opposé au sien et nous suivions le boulevard de Courcelles. Le Paris où nous marchions tous les deux en ce temps-là était aussi estival et irréel que le complet phosphorescent de ce Scouffi. Nous flottions dans une nuit qu'embaumaient les troènes lorsque nous passions devant les grilles du parc Monceau. Très peu de voitures. Des feux rouges et des feux verts s'allumaient doucement pour rien et leurs signaux aux couleurs alternées étaient aussi doux et réguliers qu'un balancement de palmes.

Presque au bout de l'avenue Hoche, à gauche, avant la place de l'Étoile, les grandes fenêtres du premier étage de l'hôtel particulier qui avait appartenu à sir Basil Zaharoff étaient toujours allumées. Plus tard — ou à la même époque peut-être — je suis souvent monté au premier étage de cet hôtel particulier : des bureaux et toujours beaucoup de monde dans ces bureaux. Des groupes de gens parlaient, d'autres téléphonaient fébrilement. Un va-et-vient perpétuel. Et tous ces gens ne quittaient même pas leur pardessus. Pourquoi certaines choses du passé surgissent-elles avec une précision photographique ?

Nous dînions dans un restaurant basque, du côté de l'avenue Victor-Hugo. Hier soir, j'ai essayé de le retrouver, mais n'y suis pas parvenu. Pourtant, j'ai cherché dans tout le quartier. C'était au coin de deux rues très calmes et, devant, il y avait une terrasse protégée par des bacs de verdure et par la grande toile rouge et vert du store. Beaucoup de monde. J'entends le bourdonnement des conversations, les verres qui tintent, je vois le bar d'acajou à l'intérieur, au-dessus duquel une longue fresque représente un paysage de la côte d'Argent. Et j'ai encore en mémoire certains visages. Le grand type blond et mince chez qui Denise travaillait rue La Boétie et qui venait s'asseoir un instant à notre table. Un brun à moustache, une femme rousse, un autre blond, frisé celui-là, qui riait sans cesse et malheureusement je ne peux pas mettre de nom sur ces visages... Le crâne chauve du barman qui préparait un cocktail dont lui seul avait le secret. Il suffirait de retrouver le nom du cocktail — qui était aussi le nom du restaurant — pour réveiller d'autres souvenirs, mais comment ? Hier soir, en parcourant ces rues, je savais bien qu'elles étaient les mêmes qu'avant et je ne les reconnaissais pas. Les immeubles n'avaient pas changé, ni la largeur des trottoirs, mais à cette époque la lumière était différente et quelque chose d'autre flottait dans l'air...

161

Nous revenions par le même chemin. Souvent, nous allions au cinéma, dans une salle de quartier, que j'ai retrouvée : le Royal-Villiers, place de Lévis. C'est la place avec les bancs, la colonne Morris et les arbres qui m'ont fait reconnaître l'endroit, beaucoup plus que la façade du cinéma.

Si je me souvenais des films que nous avons vus, je situerais l'époque avec exactitude, mais d'eux, il ne me reste que des images vagues : un traîneau qui glisse dans la neige. Une cabine de paquebot où entre un homme en smoking, des silhouettes qui dansent derrière une porte-fenêtre...

Nous rejoignions la rue de Rome. Hier soir, je l'ai suivie jusqu'au numéro 97 et je crois que j'ai éprouvé le même sentiment d'angoisse qu'en ce temps-là, à voir les grilles, la voie ferrée, et de l'autre côté de celle-ci, la publicité DUBONNET qui recouvre tout le pan de mur d'un des immeubles et dont les couleurs se sont certainement ternies, depuis.

Au 99, l'hôtel de Chicago ne s'appelle plus l'hôtel « de Chicago », mais personne à la réception n'a été capable de me dire à quelle époque il avait changé de nom. Cela n'a aucune importance.

Le 97 est un immeuble très large. Si Scouffi habitait au cinquième, l'appartement de Denise se trouvait au-dessous, au quatrième. Du côté droit ou du côté gauche de l'immeuble ? La façade de celui-ci compte au moins une douzaine de fenêtres à chaque étage, de sorte que ceux-ci se divisent sans

doute en deux ou trois appartements. J'ai regardé
longuement cette façade dans l'espoir d'y reconnaître un balcon, la forme ou les volets d'une fenêtre.
Non, cela ne m'évoquait rien.

L'escalier non plus. La rampe n'est pas celle qui
brille de son cuivre dans mon souvenir. Les portes
des appartements ne sont pas de bois sombre. Et
surtout la lumière de la minuterie n'a pas ce voile
d'où émergeait le mystérieux visage de bouledogue
de Scouffi. Inutile d'interroger la concierge. Elle se
méfierait et puis les concierges changent, comme
toutes choses.

Denise habitait-elle encore ici quand Scouffi a été
assassiné ? Un événement aussi tragique aurait laissé
quelque trace, si nous l'avions vécu à l'étage au-
dessous. Aucune trace de cela dans ma mémoire.
Denise n'a pas dû rester longtemps au 97, rue de
Rome, peut-être quelques mois. Habitais-je avec
elle ? Ou bien avais-je un domicile ailleurs dans
Paris ?

Je me souviens d'une nuit où nous sommes
rentrés très tard. Scouffi était assis sur l'une des
marches de l'escalier. Il tenait ses mains croisées
autour du pommeau de sa canne et son menton
reposait sur ses mains. Les traits de son visage
étaient complètement affaissés, son regard de bouledogue empreint d'une expression de détresse. Nous
nous sommes arrêtés devant lui. Il ne nous voyait
pas. Nous aurions voulu lui parler, l'aider à monter
jusqu'à son appartement mais il était aussi immobile
qu'un mannequin de cire. La minuterie s'est éteinte

163

et il ne restait plus que la tache blanche et phospho-
rescente de son costume.

Tout cela, ce devait être au début, quand nous
venions de nous connaître, Denise et moi.

XXV

J'ai tourné le commutateur, mais au lieu de quitter le bureau de Hutte, je suis resté quelques secondes dans le noir. Puis j'ai rallumé la lumière, et l'ai éteinte à nouveau. Une troisième fois, j'ai allumé. Et éteint. Cela réveillait quelque chose chez moi : je me suis vu éteindre la lumière d'une pièce qui était de la dimension de celle-ci, à une époque que je ne pourrais pas déterminer. Et ce geste, je le répétais chaque soir, à la même heure.

Le lampadaire de l'avenue Niel fait luire le bois du bureau et du fauteuil de Hutte. En ce temps-là, aussi, je restais quelques instants immobile après avoir éteint la lumière, comme si j'éprouvais de l'appréhension à sortir. Il y avait une bibliothèque vitrée contre le mur du fond, une cheminée en marbre gris surmontée d'une glace, un bureau à nombreux tiroirs et un canapé, près de la fenêtre, où je m'allongeais souvent pour lire. La fenêtre donnait sur une rue silencieuse, bordée d'arbres.

C'était un petit hôtel particulier qui servait de

siège à une légation d'Amérique du Sud. Je ne me
souviens plus à quel titre je disposais d'un bureau
dans cette légation. Un homme et une femme que je
voyais à peine occupaient d'autres bureaux à côté du
mien et je les entendais taper à la machine.

Je recevais de rares personnes qui me deman-
daient de leur délivrer des visas. Cela m'est revenu,
brusquement, en fouillant la boîte de biscuits que
m'avait donnée le jardinier de Valbreuse et en
examinant le passeport de la république Dominicaine et les photos d'identité. Mais j'agissais pour le
compte de quelqu'un que je remplaçais dans ce
bureau. Un consul? Un chargé d'affaires? Je n'ai
pas oublié que je lui téléphonais pour lui demander
des instructions. Qui était-ce?

Et d'abord, où était cette légation? J'ai arpenté
pendant plusieurs jours le XVIe arrondissement, car
la rue silencieuse bordée d'arbres que je revoyais
dans mon souvenir correspondait aux rues de ce
quartier. J'étais comme le sourcier qui guette la
moindre oscillation de son pendule. Je me postais
au début de chaque rue, espérant que les arbres, les
immeubles, me causeraient un coup au cœur. J'ai
cru le sentir au carrefour de la rue Molitor et de la
rue Mirabeau et j'ai eu brusquement la certitude
que chaque soir, à la sortie de la légation, j'étais
dans ces parages.

Il faisait nuit. En suivant le couloir qui menait à
l'escalier, j'entendais le bruit de la machine à écrire
et je passais la tête dans l'entrebâillement de la
porte. L'homme était déjà parti et elle restait seule

166

devant sa machine à écrire. Je lui disais bonsoir. Elle s'arrêtait de taper et se retournait. Une jolie brune dont je me rappelle le visage tropical. Elle me disait quelque chose en espagnol, me souriait et reprenait son travail. Après être demeuré un instant dans le vestibule, je me décidais enfin à sortir.

Et je suis sûr que je descends la rue Mirabeau, si droite, si sombre, si déserte que je presse le pas et que je crains de me faire remarquer, puisque je suis le seul piéton. Sur la place, plus bas, au carrefour de l'avenue de Versailles, un café est encore allumé.

Il m'arrivait aussi d'emprunter le chemin inverse et de m'enfoncer à travers les rues calmes d'Auteuil. Là, je me sentais en sécurité. Je finissais par déboucher sur la chaussée de la Muette. Je me souviens des immeubles du boulevard Émile-Augier, et de la rue où je m'engageais à droite. Au rez-de-chaussée, une fenêtre à la vitre opaque comme celles des cabinets de dentiste était toujours éclairée. Denise m'attendait un peu plus loin, dans un restaurant russe.

Je cite fréquemment des bars ou des restaurants mais s'il n'y avait pas, de temps en temps, une plaque de rue ou une enseigne lumineuse, comment pourrais-je me guider ?

Le restaurant se prolongeait dans un jardin entouré de murs. Par une baie, on apercevait la salle intérieure, drapée de velours rouge. Il faisait encore jour quand nous nous asseyions à l'une des tables du jardin. Il y avait un joueur de cithare. La sonorité de cet instrument, la lumière de crépuscule du jardin et les odeurs de feuillages qui venaient sans doute du Bois, à proximité, tout cela participait au mystère et à la mélancolie de ce temps-là. J'ai essayé de retrouver le restaurant russe. Vainement. La rue Mirabeau n'a pas changé, elle. Les soirs où je restais plus tard à la légation, je continuais mon chemin par l'avenue de Versailles. J'aurais pu prendre le métro mais je préférais marcher à l'air libre. Quai de Passy. Pont de Bir-Hakeim. Ensuite l'avenue de New-York que j'ai longée l'autre soir en compagnie de Waldo Blunt et maintenant je comprends pourquoi j'ai ressenti un pincement au cœur. Sans m'en rendre compte, je marchais sur mes anciens pas. Combien de fois ai-je suivi l'avenue de New-York… Place de l'Alma, première oasis. Puis les arbres et la fraîcheur du Cours-la-Reine. Après la traversée de la place de la Concorde, je toucherai presque le but. Rue Royale. Je tourne, à droite, rue Saint-Honoré. A gauche, rue Cambon.

Aucune lumière dans la rue Cambon sauf un reflet violacé qui doit provenir d'une vitrine. Je suis seul. De nouveau, la peur me reprend, cette peur que j'éprouve chaque fois que je descends la rue Mirabeau, la peur que l'on me remarque, que l'on m'arrête, que l'on me demande mes papiers. Ce serait dommage, à quelques dizaines de mètres du but. Surtout marcher jusqu'au bout d'un pas régulier.

L'hôtel Castille. Je franchis la porte. Il n'y a personne à la réception. Je passe dans le petit salon, le temps de reprendre mon souffle et d'essuyer la sueur de mon front. Cette nuit encore j'ai échappé au danger. Elle m'attend là-haut. Elle est la seule à m'attendre, la seule qui s'inquiéterait de ma disparition dans cette ville.

Une chambre aux murs vert pâle. Les rideaux rouges sont tirés. La lumière vient d'une lampe de chevet, à gauche du lit. Je sens son parfum, une odeur poivrée, et je ne vois plus que les taches de son de sa peau et le grain de beauté qu'elle a, au-dessus de la fesse droite.

XXVI

Vers sept heures du soir, il revenait de la plage avec son fils et c'était le moment de la journée qu'il préférait. Il tenait l'enfant par la main ou bien le laissait courir devant lui.

L'avenue était déserte, quelques rayons de soleil s'attardaient sur le trottoir. Ils longeaient les arcades et l'enfant s'arrêtait chaque fois devant la confiserie A la Reine Astrid. Lui regardait la vitrine de la librairie.

Ce soir-là, un livre attira son attention, dans la vitrine. Le titre, en caractères grenat, contenait le mot « Castille », et tandis qu'il marchait sous les arcades, en serrant la main de son fils et que celui-ci s'amusait à sauter par-dessus les rayons de soleil qui striaient le trottoir, ce mot « Castille » lui rappelait un hôtel, à Paris, près du faubourg Saint-Honoré.

Un jour, un homme lui avait donné rendez-vous à l'hôtel Castille. Il l'avait déjà rencontré dans les bureaux de l'avenue Hoche, parmi tous les individus étranges qui traitaient des affaires à voix basse, et l'homme lui avait proposé de lui vendre un clip et deux bracelets de diamants, car il voulait quitter la France. Il lui avait confié les bijoux, rangés dans une petite mallette de cuir, et ils étaient convenus de se retrouver le lendemain soir à l'hôtel Castille, où cet homme habitait.

Il revoyait la réception de l'hôtel, le bar minuscule à côté, et le jardin avec le mur aux treillages verts. Le concierge téléphona pour l'annoncer, puis lui indiqua le numéro de la chambre.

L'homme était allongé sur le lit, une cigarette aux lèvres. Il n'avalait pas la fumée et la rejetait nerveusement en nuages compacts. Un grand brun, qui s'était présenté la veille, avenue Hoche, comme « ancien attaché commercial d'une légation d'Amérique du Sud ». Il ne lui avait indiqué que son prénom : Pedro.

Le dénommé « Pedro » s'était assis sur le rebord du lit et lui souriait d'un sourire timide. Il ne savait pourquoi, il éprouvait de la sympathie pour ce « Pedro » sans le connaître. Il le sentait traqué dans cette chambre d'hôtel. Tout de suite, il lui tendit l'enveloppe qui contenait l'argent. Il avait réussi à revendre la veille les bijoux en réalisant un gros bénéfice. Voilà, lui dit-il, je vous ai rajouté la moitié du bénéfice. « Pedro » le remercia en rangeant l'enveloppe dans le tiroir de la table de nuit.

A ce moment-là, il avait remarqué que l'une des portes de l'armoire, en face du lit, était entrouverte. Des robes et un manteau de fourrure pendaient aux cintres. Le dénommé « Pedro » vivait donc là avec

171

une femme. De nouveau, il avait pensé que leur situation, à cette femme et à ce « Pedro », devait être précaire.

« Pedro » restait allongé sur le lit et avait allumé une nouvelle cigarette. Cet homme se sentait en confiance puisqu'il a dit :

— J'ose de moins en moins sortir dans les rues...

Et il avait même ajouté :

— Il y a des jours où j'ai tellement peur que je reste au lit...

Après tout ce temps, il entendait encore les deux phrases, prononcées d'une voix sourde par « Pedro ». Il n'avait pas su quoi répondre. Il s'en était tiré par une remarque d'ordre général, quelque chose comme : « Nous vivons une drôle d'époque. »

Pedro, alors, lui avait dit brusquement :

— Je crois que j'ai trouvé un moyen pour quitter la France... Avec de l'argent, tout est possible...

Il se souvenait que de très minces flocons de neige — presque des gouttes de pluie — tourbillonnaient derrière les vitres de la fenêtre. Et cette neige qui tombait, la nuit du dehors, l'exiguïté de la chambre, lui causaient une impression d'étouffement. Est-ce qu'il était encore possible de fuir quelque part, même avec de l'argent ?

— Oui, murmurait Pedro... J'ai un moyen de passer au Portugal... Par la Suisse...

Le mot « Portugal » avait aussitôt évoqué pour lui l'océan vert, le soleil, une boisson orangée que l'on boit à l'aide d'une paille, sous un parasol. Et si un jour — s'était-il dit — nous nous retrouvions, ce « Pedro » et moi, en été, dans un café de Lisbonne ou d'Estoril ? Ils auraient un geste nonchalant pour presser le bec de la bouteille d'eau de Seltz... Comme elle leur semblerait lointaine, cette petite chambre de l'hôtel Castille, avec la neige, le noir, le Paris de cet hiver lugubre, les trafics qu'il fallait faire pour s'en sortir... Il avait quitté la chambre en disant à ce « Pedro » : « Bonne chance. »

Qu'était-il advenu de « Pedro » ? Il souhaitait que cet homme qu'il n'avait rencontré que deux fois, il y a si longtemps, fût aussi paisible et heureux que lui, par ce soir d'été, avec un enfant qui enjambe les dernières flaques de soleil sur le trottoir.

XXVII

Mon cher Guy, je vous remercie de votre lettre. Je suis très heureux, à Nice. J'ai retrouvé la vieille église russe de la rue Longchamp où ma grand-mère m'emmenait souvent. C'était l'époque, aussi, de la naissance de ma vocation pour le tennis, en voyant jouer le roi Gustave de Suède... A Nice, chaque coin de rue me rappelle mon enfance.

Dans l'église russe dont je vous parle, il y a une pièce entourée de bibliothèques vitrées. Au milieu de la pièce, une grande table qui ressemble à une table de billard, et de vieux fauteuils. C'est là que ma grand-mère venait prendre chaque mercredi quelques ouvrages, et je l'accompagnais toujours.

Les livres datent de la fin du XIXe siècle. D'ailleurs l'endroit a gardé le charme des cabinets de lecture de cette époque. J'y passe de longues heures à lire le russe que j'avais un peu oublié.

Le long de l'église, s'étend un jardin plein

d'ombre, avec de grands palmiers et des eucalyptus. Parmi cette végétation tropicale, se dresse un bouleau au tronc argenté. On l'a planté là, je suppose, pour nous rappeler notre lointaine Russie.

Vous avouerais-je, mon cher Guy, que j'ai postulé la place de bibliothécaire ? Si cela marche, comme je l'espère, je serai ravi de vous accueillir dans l'un des lieux de mon enfance.

Après bien des vicissitudes (je n'ai pas osé dire au prêtre que j'ai exercé le métier de détective privé) je retourne aux sources.

Vous aviez raison de me dire que dans la vie, ce n'est pas l'avenir qui compte, c'est le passé.

Pour ce que vous me demandez, je pense que le meilleur moyen c'est de s'adresser au service : « Dans l'intérêt des familles ». Je viens donc d'écrire à De Swert qui me paraît bien placé pour répondre à vos questions. Il vous enverra les renseignements très vite.

Votre

Hutte.

P.-S. Au sujet du dénommé « Oleg de Wrédé » que jusque-là nous ne pouvions identifier, je vous annonce une bonne nouvelle : vous recevrez une lettre, par le prochain courrier, qui vous donnera des renseignements. En effet, j'ai questionné à tout hasard quelques vieux membres de la colonie russe de Nice, pensant que « Wrédé » avait une consonance russe — ou balte —, et par chance, je suis tombé sur une Mme Kahan, chez qui ce nom a réveillé des souvenirs. De mauvais souvenirs, d'ailleurs, qu'elle préférerait rayer de sa mémoire, mais elle m'a promis de vous écrire pour vous dire tout ce qu'elle savait.

XXVIII

Objet : COUDREUSE, Denise, Yvette.

Née à : Paris, le 21 décembre 1917, de Paul
   COUDREUSE et de Henriette, née BOGAERTS.

Nationalité : française.

Mariée le 3 avril 1939 à la mairie du XVIIe arrondis
   sement à Jimmy Pedro Stern, né le 30 septembre
   1912 à Salonique (Grèce), de nationalité grecque

Mlle Coudreuse a résidé successivement :

   19, quai d'Austerlitz, à Paris (13e)

   97, rue de Rome, à Paris (17e)

   Hôtel Castille, rue Cambon, à Paris (8e)

   10 *bis,* rue Cambacérès, à Paris (8e)

Mlle Coudreuse posait pour des photos de modes
   sous le nom de « Muth ».

   Elle aurait travaillé ensuite chez le couturier J.F.
   32, rue La Boétie, en qualité de mannequin ; puis
   elle se serait associée avec un certain Van Allen,
   sujet hollandais qui créa en avril 1941 une maison
   de couture, 6, square de l'Opéra à Paris (9e).

Celle-ci eut une existence éphémère et ferma en janvier 1945.

Mlle Coudreuse aurait disparu au cours d'une tentative de passage clandestin de la frontière franco-suisse, en février 1943. Les enquêtes conduites à Megève (Haute-Savoie) et à Annemasse (Haute-Savoie) n'ont donné aucun résultat.

XXIX

Objet : STERN, Jimmy, Pedro.

Né à : Salonique (Grèce), le 30 septembre 1912, de Georges STERN et de Giuvia SARANO.

Nationalité : grecque.

Marié le 3 avril 1939 à la mairie du XVIIᵉ arrondissement à Denise Yvette Coudreuse, de nationalité française.

On ignore où M. Stern résidait en France.

Une seule fiche datant de février 1939 indique qu'un M. Jimmy Pedro Stern habitait à cette époque :

Hôtel Lincoln

24, rue Bayard, Paris 8ᵉ

C'est d'ailleurs l'adresse qui figure à la mairie du XVIIᵉ arrondissement sur l'acte de mariage.

L'hôtel Lincoln n'existe plus.

La fiche de l'hôtel Lincoln portait la mention suivante :

Nom : STERN, Jimmy, Pedro.
Adresse : Rue des Boutiques Obscures, 2. Rome (Italie).
Profession : courtier.
M. Jimmy Stern aurait disparu en 1940.

XXX

Objet : McEvoy, Pedro.

Il a été très difficile de recueillir des indications sur
  M. Pedro McEvoy, tant à la préfecture de Police
  qu'aux Renseignements généraux.

On nous a signalé qu'un M. Pedro McEvoy, sujet
  dominicain et travaillant à la légation dominicaine à Paris, était domicilié, en décembre 1940,
  9, boulevard Julien-Potin à Neuilly (Seine).

Depuis, on perd ses traces.

Selon toutes vraisemblances, M. Pedro McEvoy a
  quitté la France depuis la dernière guerre.

Il peut s'agir d'un individu ayant usé d'un nom
  d'emprunt et de faux papiers, comme il était
  courant à l'époque.

XXXI

C'était l'anniversaire de Denise. Un soir d'hiver où la neige qui tombait sur Paris se transformait en boue. Les gens s'engouffraient dans les entrées du métro et marchaient en se hâtant. Les vitrines du faubourg Saint-Honoré brillaient. Noël approchait.

Je suis entré chez un bijoutier, et je revois la tête de cet homme. Il avait une barbe et portait des lunettes à verres teintés. J'ai acheté une bague pour Denise. Quand j'ai quitté le magasin, la neige tombait toujours. J'ai eu peur que Denise ne soit pas au rendez-vous et j'ai pensé pour la première fois que nous pouvions nous perdre dans cette ville, parmi toutes ces ombres qui marchaient d'un pas pressé.

Et je ne me souviens plus si, ce soir-là, je m'appelais Jimmy ou Pedro, Stern ou McEvoy.

XXXII

Valparaiso. Elle se tient debout, à l'arrière du tramway, près de la vitre, serrée dans la masse des passagers, entre un petit homme aux lunettes noires et une femme brune à tête de momie qui sent un parfum de violettes.

Bientôt, ils descendront presque tous à l'arrêt de la place Echaurren et elle pourra s'asseoir. Elle ne vient que deux fois par semaine à Valparaiso pour ses courses, parce qu'elle habite sur les hauteurs, le quartier du Cerro Alegre. Elle y loue une maison où elle a installé son cours de danse.

Elle ne regrette pas d'avoir quitté Paris, voilà cinq ans, après sa fracture à la cheville, quand elle a su qu'elle ne pourrait plus danser. Alors elle a décidé de partir, de couper les amarres avec ce qui avait été sa vie. Pourquoi Valparaiso ? Parce qu'elle y connaissait quelqu'un, un ancien des ballets de Cuevas.

Elle ne compte plus revenir en Europe. Elle restera là-haut, à donner ses cours, et finira par oublier les vieilles photos d'elle sur les murs, du temps où elle appartenait à la compagnie du colonel de Basil.

Elle ne pense que rarement à sa vie d'avant l'accident. Tout se brouille dans sa tête. Elle confond les noms, les dates, les lieux. Pourtant, un souvenir lui revient d'une façon régulière, deux fois par semaine, à la même heure et au même endroit, un souvenir plus net que les autres.

C'est à l'instant où le tramway s'arrête, comme ce soir, au bas de l'avenue Errazuriz. Cette avenue ombragée d'arbres et qui monte en pente douce lui rappelle la rue de Jouy-en-Josas, qu'elle habitait quand elle était enfant. Elle revoit la maison, au coin de la rue du Docteur-Kurzenne, le saule pleureur, la barrière blanche, le temple protestant, en face, et tout en bas l'auberge Robin des Bois. Elle se souvient d'un dimanche différent des autres. Sa marraine était venue la chercher.

Elle ne sait rien de cette femme, sauf son prénom : Denise. Elle avait une voiture décapotable. Ce dimanche-là, un homme brun l'accompagnait. Ils étaient allés manger une glace tous les trois et ils avaient fait du canot et le soir, en quittant Versailles pour la ramener à Jouy-en-Josas, ils s'étaient arrêtés devant une fête foraine. Elle était montée avec cette Denise, sa marraine, sur une auto-tamponneuse tandis que l'homme brun les regardait.

Elle aurait voulu en savoir plus long. Comment s'appelaient-ils l'un et l'autre, exactement ? Où vivaient-ils ? Qu'étaient-ils devenus depuis tout ce temps ? Voilà les questions qu'elle se posait tandis que le tramway suivait l'avenue Errazuriz en montant vers le quartier du Cerro Alegre.

XXXIII

Ce soir-là, j'étais assis à l'une des tables du bar-épicerie-dégustations que Hutte m'avait fait connaî-tre et qui se trouvait avenue Niel, juste en face de l'Agence. Un comptoir et des produits exotiques sur les étagères : thés, loukoums, confitures de pétales de roses, harengs de la Baltique. L'endroit était fréquenté par d'anciens jockeys qui échangeaient leurs souvenirs en se montrant des photographies écornées de chevaux depuis longtemps équarris.

Deux hommes, au bar, parlaient à voix basse. L'un d'eux portait un manteau de la couleur des feuilles mortes, qui lui arrivait presque aux chevil-les. Il était de petite taille comme la plupart des clients. Il se retourna, sans doute pour regarder l'heure au cadran de l'horloge, au-dessus de la porte d'entrée, et ses yeux tombèrent sur moi.

Son visage devint très pâle. Il me fixait bouche bée, les yeux exorbités.

Il s'approcha lentement de moi, en fronçant les sourcils. Il s'arrêta devant ma table.

— Pedro...

Il palpa l'étoffe de ma veste, à hauteur du biceps.

— Pedro, c'est toi ?

J'hésitais à lui répondre. Il parut décontenancé.

— Excusez-moi, dit-il. Vous n'êtes pas Pedro McEvoy ?

— Si, lui dis-je brusquement. Pourquoi ?

— Pedro, tu... tu ne me reconnais pas ?

— Non.

Il s'assit en face de moi.

— Pedro... Je suis... André Wildmer...

Il était bouleversé. Il me prit la main.

— André Wildmer... Le jockey... Tu ne te souviens pas de moi ?

— Excusez-moi, lui dis-je. J'ai des trous de mémoire. Quand est-ce que nous nous sommes connus ?

— Mais tu sais bien... avec Freddie...

Ce prénom provoqua chez moi une décharge électrique. Un jockey. L'ancien jardinier de Valbreuse m'avait parlé d'un jockey.

— C'est drôle, lui dis-je. Quelqu'un m'a parlé de vous... A Valbreuse...

Ses yeux s'embuaient. L'effet de l'alcool ? Ou l'émotion ?

— Mais voyons, Pedro... Tu ne te souviens pas quand nous allions à Valbreuse avec Freddie ?...

— Pas très bien. Justement, c'est le jardinier de Valbreuse qui m'en a parlé...

— Pedro... mais alors... alors tu es vivant ?

Il me serrait très fort la main. Il me faisait mal.

— Oui. Pourquoi ?

— Tu... tu es à Paris ?

— Oui. Pourquoi ?

Il me regardait, horrifié. Il avait de la peine à croire que j'étais vivant. Que s'était-il donc passé ? J'aurais bien voulu le savoir, mais apparemment, il n'osait pas aborder ce problème de front.

— Moi... j'habite à Giverny... dans l'Oise, me dit-il. Je... je viens très rarement à Paris... Tu veux boire quelque chose, Pedro ?

— Une Marie Brizard, dis-je.

— Eh bien, moi aussi.

Il versa lui-même la liqueur dans nos verres, lentement, et il me donna l'impression de vouloir gagner du temps.

— Pedro... Qu'est-ce qui s'est passé ?

— Quand ?

Il but son verre d'un trait.

— Quand vous avez essayé de passer la frontière suisse avec Denise ?...

Que pouvais-je lui répondre ?

— Vous ne nous avez jamais donné de nouvelles. Freddie s'est beaucoup inquiété...

Il a rempli de nouveau son verre.

— Nous avons cru que vous vous étiez perdus dans cette neige...

— Il ne fallait pas vous inquiéter, lui dis-je.

— Et Denise ?

J'ai haussé les épaules.

— Vous vous souvenez bien de Denise ? ai-je demandé.

— Mais enfin, Pedro, évidemment... Et d'abord pourquoi tu me vouvoies ?

— Excuse-moi, mon vieux, dis-je. Ça ne va pas très fort depuis quelque temps. J'essaie de me souvenir de toute cette époque... Mais c'est tellement brumeux...

— Je comprends. C'est loin, tout ça... Tu te souviens du mariage de Freddie ?

Il souriait.

— Pas très bien.

— A Nice... Quand il s'est marié avec Gay...

— Gay Orlow ?

— Bien sûr, Gay Orlow... Avec qui d'autre se serait-il marié ?

Il n'avait pas l'air content du tout de constater que ce mariage ne m'évoquait plus grand-chose.

— A Nice... Dans l'église russe... Un mariage religieux... Sans mariage civil...

— Quelle église russe ?

— Une petite église russe avec un jardin...

Celle que me décrivait Hutte dans sa lettre ? Il y a parfois de mystérieuses coïncidences.

— Mais bien sûr, lui dis-je... bien sûr... La petite église russe de la rue Longchamp avec le jardin et la bibliothèque paroissiale...

— Alors, tu t'en souviens ? Nous étions quatre témoins... Nous tenions des couronnes au-dessus de la tête de Freddie et de Gay...

— Quatre témoins ?

— Mais oui... toi, moi, le grand-père de Gay...

— Le vieux Giorgiadzé ?...

— C'est ça... Giorgiadzé...

La photo où l'on me voyait en compagnie de Gay Orlow et du vieux Giorgiadzé avait certainement été prise à cette occasion. J'allais la lui montrer.

— Et le quatrième témoin, c'était ton ami Rubirosa...

— Qui ?

— Ton ami Rubirosa... Porfirio... Le diplomate dominicain...

Il souriait au souvenir de ce Porfirio Rubirosa. Un diplomate dominicain. C'était peut-être pour lui que je travaillais dans cette légation.

— Ensuite nous sommes allés chez le vieux Giorgiadzé...

Je nous voyais marcher, vers midi, dans une avenue de Nice, bordée de platanes. Il y avait du soleil.

— Et Denise était là ?

Il a haussé les épaules.

— Bien sûr... Décidément tu ne te rappelles plus rien...

Nous marchions d'un pas nonchalant, tous les sept, le jockey, Denise, moi, Gay Orlow et Freddie, Rubirosa et le vieux Giorgiadzé. Nous portions des costumes blancs.

— Giorgiadzé habitait l'immeuble, au coin du jardin Alsace-Lorraine.

Des palmiers qui montent haut dans le ciel. Et des enfants qui glissent sur un toboggan. La façade blanche de l'immeuble avec ses stores de toile orange. Nos rires dans l'escalier.

— Le soir, pour fêter ce mariage, ton ami Rubirosa nous a emmenés dîner à Eden Roc... Alors, ça y est ? Tu te rappelles ?...

Il souffla, comme s'il venait de fournir un gros effort physique. Il paraissait épuisé d'avoir évoqué cette journée où Freddie et Gay Orlow s'étaient mariés religieusement, cette journée de soleil et d'insouciance, qui avait été sans doute l'un des moments privilégiés de notre jeunesse.

— En sommes, lui dis-je, nous nous connaissons depuis très longtemps, toi et moi...

— Oui... Mais j'ai d'abord connu Freddie.. Parce que j'ai été le jockey de son grand-père... Malheureusement, ça n'a pas duré longtemps... Le vieux a tout perdu...

— Et Gay Orlow... Tu sais que...

— Oui, je sais... J'habitais tout près de chez elle... Square des Aliscamps...

Le grand immeuble et les fenêtres d'où Gay Orlow avait certainement une très belle vue sur le champ de courses d'Auteuil. Waldo Blunt, son premier mari, m'avait dit qu'elle s'était tuée parce qu'elle avait peur de vieillir. Je suppose que souvent, elle regardait les courses par sa fenêtre. Chaque jour, et plusieurs fois en un seul après-midi, une dizaine de chevaux s'élancent, filent le long du terrain et viennent se briser contre les obstacles. Et ceux qui les franchissent, on les reverra encore quelques mois et ils disparaîtront avec les autres. Il faut, sans cesse, de nouveaux chevaux, qu'on remplace au fur et à mesure. Et chaque fois le même élan finit par se briser. Un tel spectacle ne peut que provoquer la mélancolie et le découragement et c'était peut-être parce qu'elle vivait en bordure de ce champ de courses que Gay Orlow... J'avais envie de demander à André Wildmer ce qu'il en pensait. Il devait comprendre, lui. Il était jockey.

— C'est bien triste, me dit-il. Gay était une chic fille...

Il se pencha et rapprocha son visage du mien. Il avait une peau rouge et grêlée et des yeux marron. Une cicatrice lui barrait la joue droite, jusqu'à la pointe du menton. Les cheveux étaient châtains, sauf une mèche blanche, relevée en épi, au-dessus de son front.

— Et toi, Pedro...

Mais je ne lui laissai pas terminer sa phrase.

— Tu m'as connu quand j'habitais boulevard Julien-Potin, à Neuilly ? dis-je à tout hasard, car j'avais bien retenu l'adresse qui figurait sur la fiche de « Pedro McEvoy ».

— Quand tu habitais chez Rubirosa ?... Bien sûr...

De nouveau, ce Rubirosa.

— Nous venions souvent avec Freddie... C'était la bringue tous les soirs.

Il éclata de rire.

— Ton ami Rubirosa faisait venir des orchestres... jusqu'à six heures du matin... Tu te souviens des deux airs qu'il nous jouait toujours à la guitare ?

— Non...

— *El Reloj* et *Tu me acostumbraste*. Surtout *Tu me acostumbraste...*

Il sifflota quelques mesures de cet air.

— Alors ?

— Oui... oui... Ça me revient, dis-je.

— Vous m'avez procuré un passeport dominicain... Ça ne m'a pas servi à grand-chose...

— Tu es déjà venu me voir à la légation ? demandai-je.

— Oui. Quand tu m'as donné le passeport dominicain.

— Je n'ai jamais compris ce que je foutais à cette légation.

— Je ne sais pas, moi... Un jour tu m'as dit que tu servais plus ou moins de secrétaire à Rubirosa et que c'était une bonne planque pour toi... J'ai trouvé ça triste que Rubi se soit tué dans cet accident de voiture...

Oui, triste. Encore un témoin que je ne pourrai plus questionner.

— Dis-moi, Pedro... Quel était ton vrai nom ? Ça m'a toujours intrigué. Freddie me disait que tu ne t'appelais pas Pedro McEvoy... Mais que c'était Rubi qui t'avait fourni de faux papiers...

— Mon vrai nom ? J'aimerais bien le savoir.

Et je souriais pour qu'il pût prendre cela pour une plaisanterie.

— Freddie le savait lui, puisque vous vous étiez connus au collège... Qu'est-ce que vous avez pu me casser les oreilles avec vos histoires du collège de Luiza...

193

— Du collège de... ?

— De Luiza... Tu le sais très bien... Ne fais pas l'idiot... Le jour où ton père est venu vous chercher tous les deux en voiture... Il avait passé le volant à Freddie qui n'avait pas encore son permis... Celle-là, vous me l'avez au moins racontée cent fois...

Il hochait la tête. Ainsi, j'avais eu un père qui venait me chercher au « collège de Luiza ». Détail intéressant.

— Et toi ? lui dis-je. Tu travailles toujours dans les chevaux ?

— J'ai trouvé une place de professeur d'équitation, dans un manège à Giverny...

Il avait pris un ton grave qui m'impressionna.

— Tu sais bien qu'à partir du moment où j'ai eu mon accident, ça a été la dégringolade...

Quel accident ? Je n'osais pas le lui demander...

— Quand je vous ai accompagné à Megève, toi, Denise, Freddie et Gay, ça n'allait déjà pas très fort... J'avais perdu ma place d'entraîneur... Ils se sont dégonflés parce que j'étais anglais... Ils ne voulaient que des Français...

Anglais ? Oui. Il parlait avec un léger accent que j'avais à peine remarqué jusque-là. Mon cœur a battu un peu plus fort quand il a prononcé le mot : Megève.

— Drôle d'idée, non, ce voyage à Megève ? ai-je risqué.

— Pourquoi, drôle d'idée ? Nous ne pouvions pas faire autrement...

— Tu crois ?

194

— C'était un endroit sûr... Paris devenait trop dangereux...

— Tu crois vraiment ?

— Enfin, Pedro, rappelle-toi... Il y avait des contrôles de plus en plus fréquents... Moi, j'étais anglais... Freddie avait un passeport anglais...

— Anglais ?

— Mais oui... La famille de Freddie était de l'île Maurice... Et toi, ta situation n'avait pas l'air plus brillante... Et nos prétendus passeports dominicains ne pouvaient plus vraiment nous protéger... Rappelle-toi... Ton ami Rubirosa lui-même...

Je n'ai pas entendu le reste de la phrase. Je crois qu'il avait une extinction de voix.

Il a bu une gorgée de liqueur et à ce moment-là quatre personnes sont entrées, des clients habituels, tous d'anciens jockeys. Je les reconnaissais, j'avais souvent écouté leurs conversations. L'un d'eux portait toujours un vieux pantalon de cheval et une veste de daim tachée en de multiples endroits. Ils ont tapé sur l'épaule de Wildmer. Ils parlaient en même temps, ils éclataient de rire, et cela faisait beaucoup trop de bruit. Wildmer ne me les a pas présentés.

Ils se sont assis sur les tabourets du bar et ont continué de parler à voix très haute.

— Pedro...

Wildmer s'est penché vers moi. Son visage était à quelques centimètres du mien. Il grimaçait comme s'il allait faire un effort surhumain pour prononcer quelques mots.

— Pedro... Qu'est-ce qui s'est passé avec Denise quand vous avez essayé de traverser la frontière ?...

— Je ne sais plus, lui dis-je.

Il m'a regardé fixement. Il devait être un peu ivre.

— Pedro... Avant que vous partiez, je t'ai dit qu'il fallait se méfier de ce type...

— Quel type ?

— Le type qui voulait vous faire passer en Suisse... Le Russe à tête de gigolo...

Il était écarlate. Il a bu une gorgée de liqueur.

— Rappelle-toi... Je t'ai dit qu'il ne fallait pas écouter l'autre, non plus... Le moniteur de ski...

— Quel moniteur de ski ?

— Celui qui devait vous servir de passeur... Tu sais bien... Ce Bob quelque chose... Bob Besson... Pourquoi êtes-vous partis ?... Vous étiez bien avec nous, au chalet...

Que lui dire ? J'ai hoché la tête. Il a vidé son verre d'un seul trait.

— Il s'appelait Bob Besson ? lui ai-je demandé.

— Oui. Bob Besson...

— Et le Russe ?

Il a froncé les sourcils.

— Je ne sais plus...

Son attention se relâchait. Il avait fait un effort violent pour parler du passé avec moi, mais c'était fini. Ainsi le nageur épuisé qui tend une dernière fois la tête au-dessus de l'eau et puis se laisse lentement couler. Après tout, je ne l'avais pas beaucoup aidé dans cette évocation.

Il s'est levé et a rejoint les autres. Il reprenait ses habitudes. Je l'ai entendu qui disait bien fort son avis sur une course qui avait eu lieu dans l'après-midi à Vincennes. Celui qui portait la culotte de cheval a offert une tournée. Wildmer avait retrouvé sa voix et il était si véhément, si passionné qu'il en oubliait d'allumer sa cigarette. Elle pendait à la commissure de ses lèvres. Si je m'étais planté devant lui, il ne m'aurait pas reconnu.

En sortant, je lui ai dit au revoir et lui ai fait un signe du bras, mais il m'a ignoré. Il était tout à son sujet.

XXXIV

Vichy. Une voiture américaine s'arrête en bordure du parc des Sources, à la hauteur de l'hôtel de la Paix. Sa carrosserie est maculée de boue. Deux hommes et une femme en descendent et marchent vers l'entrée de l'hôtel. Les deux hommes sont mal rasés, et l'un des deux, le plus grand, soutient la femme par le bras. Devant l'hôtel, une rangée de fauteuils d'osier sur lesquels des gens dorment, tête ballante, sans être apparemment gênés par le soleil de juillet qui tape fort.

Dans le hall, tous trois ont du mal à se frayer un passage jusqu'à la réception. Ils doivent éviter des fauteuils et même des lits de camp où sont vautrés d'autres dormeurs, certains en uniforme militaire. Des groupes compacts de cinq, de dix personnes se pressent dans le salon du fond, s'interpellent et le vacarme de leur conversation vous oppresse encore plus que la chaleur moite du dehors. Ils ont enfin atteint la réception, et l'un des hommes, le plus grand, tend au concierge leurs trois passeports.

Deux sont des passeports de la légation de la république Dominicaine à Paris, l'un au nom de « Porfirio Rubirosa », l'autre à celui de « Pedro McEvoy », le troisième un passeport français au nom de « Denise, Yvette, Coudreuse ».

Le concierge, visage inondé par la sueur qui s'égoutte au bas de son menton, leur rend, d'un geste épuisé, leurs trois passeports. Non, il n'y a plus une seule chambre d'hôtel libre dans tout Vichy, « vu les circonstances »... A la rigueur, il resterait deux fauteuils qu'on pourrait monter dans une buanderie ou mettre dans un cabinet de toilette au rez-de-chaussée... Sa voix est couverte par le brouhaha des conversations qui s'enchevêtrent tout autour, par les claquements métalliques de la porte de l'ascenseur, les sonneries du téléphone, les appels qui proviennent d'un haut-parleur fixé au-dessus du bureau de la réception.

Les deux hommes et la femme sont sortis de l'hôtel, d'une démarche un peu titubante. Le ciel s'est couvert, tout à coup, de nuages d'un gris violacé. Ils traversent le parc des Sources. Le long des pelouses, sous les galeries couvertes, obstruant les allées pavées, des groupes se tiennent, encore plus compacts que dans le hall de l'hôtel. Tous parlent entre eux à voix très haute, certains font la navette de groupe en groupe, certains s'isolent à deux ou à trois sur un banc ou sur les chaises de fer du parc, avant de rejoindre les autres... On se croirait dans un gigantesque préau d'école et l'on attend avec impatience la sonnerie qui mettra fin à

199

cette agitation et à ce bourdonnement qui s'enfle de minute en minute et vous étourdit. Mais la sonnerie ne vient pas.

Le grand brun soutient toujours la femme par le bras, tandis que l'autre a ôté sa veste. Ils marchent et sont bousculés au passage par des gens qui courent dans tous les sens à la recherche de quelqu'un, ou d'un groupe qu'ils ont quitté un instant, qui s'est défait aussitôt, et dont les membres ont été happés par d'autres groupes.

Tous trois débouchent devant la terrasse du café de la Restauration. La terrasse est bondée mais, par miracle, cinq personnes viennent de quitter l'une des tables, et les deux hommes et la femme se laissent tomber sur les chaises d'osier. Ils regardent, un peu hébétés, du côté du casino.

Une buée a envahi tout le parc et la voûte des feuillages la retient et la fait stagner, une buée de hammam. Elle vous remplit la gorge, elle finit par rendre flous les groupes qui se tiennent devant le casino, elle étouffe le bruit de leurs palabres. A une table voisine, une vieille dame éclate en sanglots et répète que la frontière est bloquée à Hendaye.

La tête de la femme a basculé sur l'épaule du grand brun. Elle a fermé les yeux. Elle dort d'un sommeil d'enfant. Les deux hommes échangent un sourire. Puis ils regardent, de nouveau, tous ces groupes devant le casino.

L'averse tombe. Une pluie de mousson. Elle transperce les feuillages pourtant très épais des platanes et des marronniers. Là-bas, ils se bousculent pour s'abriter sous les verrières du casino, tandis que les autres quittent en hâte la terrasse et entrent en se piétinant à l'intérieur du café.

Seuls, les deux hommes et la femme n'ont pas bougé car le parasol de leur table les protège de la pluie. La femme dort toujours, la joue contre l'épaule du grand brun, qui regarde devant lui, l'œil absent, tandis que son compagnon sifflote distraitement l'air de : *Tu me acostumbraste.*

XXXV

De la fenêtre, on voyait la grande pelouse que bordait une allée de gravier. Celle-ci montait en pente très douce jusqu'à la bâtisse où je me trouvais et qui m'avait fait penser à l'un de ces hôtels blancs des bords de la Méditerranée. Mais quand j'avais gravi les marches du perron, mes yeux étaient tombés sur cette inscription en lettres d'argent, qui ornait la porte d'entrée : « Collège de Luiza et d'Albany ».

Là-bas, à l'extrémité de la pelouse, un terrain de tennis. A droite, une rangée de bouleaux et une piscine qu'on avait vidée. Le plongeoir était à moitié écroulé.

Il vint me rejoindre dans l'embrasure de la fenêtre.

— Eh oui... Je suis désolé, monsieur... Toutes les archives du collège ont brûlé... Sans exception...

Un homme d'une soixantaine d'années qui portait des lunettes à monture d'écaille claire et une veste de tweed.

— Et de toute façon, Mme Jeanschmidt n'aurait pas donné son autorisation... Elle ne veut plus entendre parler de ce qui concerne le collège de Luiza, depuis la mort de son mari...

— Il n'y a pas de vieilles photos de classe qui traînent ? lui demandai-je.

— Non, monsieur. Je vous répète que tout a brûlé...

— Vous avez travaillé longtemps ici ?

— Les deux dernières années du collège de Luiza. Ensuite, notre directeur, M. Jeanschmidt, est mort... Mais le collège n'était plus ce qu'il avait été...

Il regardait par la fenêtre, l'air pensif.

— En tant qu'ancien élève, j'aurais aimé retrouver quelques souvenirs, lui dis-je.

— Je comprends. Malheureusement...

— Et qu'est-ce que va devenir le collège ?

— Oh, ils vont tout vendre aux enchères.

Et il balayait d'un geste nonchalant du bras la pelouse, les tennis, la piscine, devant nous.

— Vous voulez voir une dernière fois les dortoirs et les salles de classe ?

— Ce n'est pas la peine.

Il sortit une pipe de la poche de sa veste et la mit à sa bouche. Il ne quittait pas l'embrasure de la fenêtre.

— Qu'est-ce que c'était déjà, ce bâtiment de bois, à gauche ?

— Les vestiaires, monsieur. On s'y changeait pour faire du sport...

— Ah oui...

Il bourrait sa pipe.

— J'ai tout oublié... Est-ce que nous portions un uniforme ?

— Non, monsieur. Simplement pour le dîner et les jours de sortie, le blazer bleu marine était obligatoire.

Je me suis approché de la fenêtre. Je collais presque mon front à la vitre. En bas, devant la bâtisse blanche, il y avait une esplanade recouverte de gravier et où la mauvaise herbe perçait déjà. Je nous voyais, Freddie et moi, dans nos blazers. Et j'essayais d'imaginer l'aspect que pouvait avoir cet homme, venu nous chercher un jour de sortie, qui descendait d'une voiture, marchait vers nous et qui était mon père.

XXXVI

Madame E. Kahan   Nice, le 22 novembre 1965
22, rue de Picardie
Nice.

A la demande de M. Hutte, je vous écris pour vous dire tout ce que je sais du nommé « Oleg de Wrédé » bien que cela me coûte d'évoquer ce mauvais souvenir.

Je suis entrée un jour dans un restaurant russe, rue François-Ier, chez Arkady — tenu par un monsieur russe dont je ne me rappelle plus le nom. Le restaurant était modeste, il n'y avait pas beaucoup de monde. Le directeur, un homme usé avant l'âge, l'air malheureux et souffrant, se tenait à la table des zakouski — cela se passait à peu près dans les années 37.

Je me suis aperçue de la présence d'un jeune homme d'une vingtaine d'années qui était comme chez lui dans ce restaurant. Trop bien mis, costume, chemise, etc., impeccables.

Il avait un extérieur frappant : la force de vivre, les yeux bleu porcelaine bridés, un sourire éclatant et un rire continuel. Derrière cela, une ruse animale.

Il était voisin de ma table. La deuxième fois que je suis venue dans cet endroit il m'a dit en me désignant le directeur du restaurant :

— Vous croyez que je suis le fils de ce monsieur ? avec un air de dédain envers le pauvre vieux qui était effectivement son père.

Puis il m'a montré un bracelet d'identité où était gravé le nom : « Louis de Wrédé, comte de Montpensier » (dans le restaurant, on l'appelait : Oleg, un prénom russe). Je lui ai demandé où se trouvait sa mère. Il m'a dit qu'elle était décédée ; je lui ai demandé : où avait-elle pu rencontrer un Montpensier (branche cadette des Orléans, paraît-il). Il a répondu : En Sibérie. Tout cela ne tenait pas debout. J'ai compris que c'était une petite gouape qui devait se laisser entretenir par des personnes des deux sexes. A ma demande de ce qu'il faisait, il m'a dit qu'il jouait du piano.

Ensuite a commencé l'énumération de toutes ses relations mondaines — que la duchesse d'Uzès lui faisait la révérence, qu'il était au mieux avec le duc de Windsor... J'ai senti qu'il y avait et du vrai et du mensonge dans ses récits. Les gens « du monde » devaient se laisser prendre à son « nom », à son sourire, à sa gentillesse glaciale mais réelle.

Pendant la guerre — je pense que c'était en 41-42 —, je me trouvais sur la plage de Juan-les-Pins quand j'ai vu accourir ce nommé « Oleg de Wrédé », comme toujours en forme et riant aux éclats. Il m'a dit qu'il avait été prisonnier et qu'un haut officier allemand s'occupait de lui. Pour le moment, il passait quelques jours chez sa marraine de guerre, Mme Veuve Henri Duvernois. Mais disait-il : « Elle est tellement avare, elle ne me donne pas d'argent. »

Il m'a annoncé qu'il rentrait à Paris, « pour travailler avec les Allemands ». A quoi ? ai-je demandé. « A leur vendre des voitures. »

Je ne l'ai plus revu et ne sais pas ce qu'il est devenu. Voilà, cher monsieur, tout ce que je peux vous dire au sujet de cet individu.

Respectueusement.

E. Kahan.

XXXVII

Maintenant, il suffit de fermer les yeux. Les
événements qui précédèrent notre départ à tous
pour Megève me reviennent, par bribes, à la
mémoire. Ce sont les grandes fenêtres éclairées de
l'ancien hôtel de Zaharoff, avenue Hoche, et les
phrases décousues de Wildmer, et les noms, comme
celui, pourpre et scintillant, de : « Rubirosa », et
celui, blafard, d' « Oleg de Wrédé » et d'autres
détails impalpables — la voix même de Wildmer,
rauque et presque inaudible —, ce sont toutes ces
choses qui me servent de fil d'Ariane.

La veille, en fin d'après-midi, je me trouvais
justement avenue Hoche, au premier étage de
l'ancien hôtel de Zaharoff. Beaucoup de monde.
Comme d'habitude, ils ne quittaient pas leurs
pardessus. Moi, j'étais en taille. J'ai traversé la pièce
principale où j'en ai vu une quinzaine, debout
autour des téléphones, et assis sur les fauteuils de
cuir à traiter leurs affaires, et je me suis glissé dans
un petit bureau dont j'ai refermé la porte derrière

moi. L'homme que je devais rencontrer était déjà là. Il m'attira dans un coin de la pièce et nous nous assîmes sur deux fauteuils séparés par une table basse. J'y déposai les louis enveloppés de papier journal. Il me tendit aussitôt plusieurs liasses de billets de banque que je ne pris pas la peine de compter et que je fourrai dans mes poches. Lui, les bijoux ne l'intéressaient pas. Nous quittâmes ensemble le bureau, puis la grande pièce où le brouhaha des conversations et le va-et-vient de tous ces hommes en pardessus avaient quelque chose d'inquiétant. Sur le trottoir, il me donna l'adresse d'une acheteuse éventuelle, pour les bijoux, du côté de la place Malesherbes et me suggéra de lui dire que je venais de sa part. Il neigeait, mais j'ai décidé d'y aller à pied. Nous suivions souvent ce chemin, Denise et moi, au début. Les temps avaient changé. La neige tombait et j'avais peine à reconnaître ce boulevard, avec ses arbres dénudés, les façades noires de ses immeubles. Plus de parfums de troènes le long des grilles du parc Monceau, mais une odeur de terre mouillée et de pourriture.

Un rez-de-chaussée, au fond d'une impasse, de celles qu'on nomme « square » ou « villa ». La pièce où elle me reçut n'était pas meublée. Un seul divan, où nous nous assîmes, et le téléphone, sur ce divan. Une femme d'une quarantaine d'années, nerveuse et rousse. Le téléphone sonnait sans cesse et elle n'y répondait pas toujours, et quand elle y répondait, elle notait ce qu'on lui disait sur un agenda. Je lui montrai les bijoux. Je lui cédais le saphir et les deux broches à moitié prix, à condition qu'elle me payât tout de suite en liquide. Elle a accepté.

Dehors, tandis que je marchais vers la station de métro Courcelles, j'ai pensé à ce jeune homme qui était venu dans notre chambre de l'hôtel Castille, quelques mois auparavant. Il avait vendu très vite le clip et les deux bracelets de diamants, et me proposait gentiment de partager le bénéfice. Un homme de cœur. Je m'étais un peu confié à lui en lui parlant de mes projets de départ et même de cette peur qui m'empêchait quelquefois de sortir. Il m'avait dit que nous vivions une drôle d'époque.

Plus tard, je suis allé chercher Denise, square Édouard-VII, dans l'appartement où Van Allen, son ami hollandais, avait installé une maison de couture : elle se trouvait au premier étage d'un immeuble, juste au-dessus du Cintra. Je m'en souviens, parce que nous fréquentions ce bar, Denise et moi, à cause de la salle en sous-sol d'où l'on pouvait s'esquiver par une autre porte que l'entrée principale. Je crois que je connaissais tous les endroits publics, tous les immeubles de Paris qui possédaient de doubles issues.

Il régnait dans cette minuscule maison de couture une agitation semblable à celle de l'avenue Hoche, peut-être encore plus fébrile. Van Allen préparait sa collection d'été et tant d'efforts, tant d'optimisme me frappèrent car je me demandais s'il y aurait encore des étés. Il essayait sur une fille brune une robe d'un tissu léger et blanc, et d'autres mannequins entraient ou sortaient des cabines. Plusieurs personnes conversaient autour d'un bureau de style Louis XV où traînaient des croquis et des pièces de tissu. Denise s'entretenait dans un coin du salon avec une femme blonde d'une cinquantaine d'années et un jeune homme aux cheveux bruns bouclés. Je me suis mêlé à la conversation. Ils partaient, elle et lui, sur la côte d'Azur. On ne s'entendait plus, dans le brouhaha général. Des coupes de champagne circulaient, sans qu'on sût très bien pourquoi.

Nous nous sommes frayé un passage, Denise et moi, jusqu'au vestibule. Van Allen nous accompagnait. Je revois ses yeux bleus très clairs et son sourire quand il a glissé la tête dans l'entrebâillement de la porte et nous a envoyé un baiser, de la main, en nous souhaitant bonne chance.

Nous sommes passés une dernière fois rue Cambacérès, Denise et moi. Nous avions déjà fait nos bagages, une valise et deux sacs de cuir qui attendaient devant la grande table, au bout du salon. Denise a fermé les volets et tiré les rideaux. Elle a recouvert la machine à coudre de son coffret et enlevé le tissu de toile blanche qui était épinglé au buste du mannequin. J'ai pensé aux soirées que nous avions vécues ici. Elle travaillait d'après des patrons que lui donnait Van Allen, ou elle cousait, et moi, allongé sur le canapé, je lisais quelque livre de Mémoires ou l'un de ces romans policiers de la collection du Masque, qu'elle aimait tant. Ces soirées étaient les seuls moments de répit que je connaissais, les seuls moments où je pouvais avoir l'illusion que nous menions une vie sans histoires dans un monde paisible.

J'ai ouvert la valise et glissé les liasses de billets de banque qui gonflaient mes poches à l'intérieur des chandails et des chemises et au fond d'une paire de chaussures. Denise vérifiait le contenu d'un des sacs de voyage pour voir si elle n'avait rien oublié. J'ai suivi le couloir jusqu'à la chambre. Je n'ai pas allumé la lumière et je me suis posté à la fenêtre. La neige tombait toujours. L'agent de police en faction, sur le trottoir d'en face, se tenait à l'intérieur d'une guérite qu'on avait disposée là, quelques jours auparavant, à cause de l'hiver. Un autre agent de police, venant de la place des Saussaies, se dirigeait à pas pressés vers la guérite. Il serrait la main de son collègue, lui tendait une thermos et, chacun à son tour, ils buvaient dans le gobelet.

Denise est entrée. Elle m'a rejoint à la fenêtre. Elle portait un manteau de fourrure et s'est serrée contre moi. Elle sentait un parfum poivré. Sous le manteau de fourrure elle avait un chemisier. Nous nous sommes retrouvés sur le lit dont il ne restait que le sommier.

Gare de Lyon, Gay Orlow et Freddie nous attendaient à l'entrée du quai de départ. Sur un chariot, à côté d'eux, étaient empilées leurs nombreuses valises. Gay Orlow avait une malle-armoire. Freddie discutait avec le porteur et lui a offert une cigarette. Denise et Gay Orlow parlaient ensemble et Denise lui demandait si le chalet qu'avait loué Freddie serait assez grand pour nous tous. La gare était obscure, sauf le quai où nous nous trouvions, baigné d'une lumière jaune. Wildmer nous a rejoints, dans un manteau roux qui lui battait les mollets, comme d'habitude. Un feutre lui cachait le front. Nous avons fait monter les bagages dans nos wagons-lits respectifs. Nous attendions l'annonce du départ, dehors, devant le wagon. Gay Orlow avait reconnu quelqu'un parmi les voyageurs qui prenaient ce train mais Freddie lui avait demandé de ne parler à personne et de ne pas attirer l'attention sur nous.

Je suis resté quelque temps avec Denise et Gay Orlow dans leur compartiment. Le store était à moitié rabattu et en me penchant, je voyais, par la vitre, que nous traversions la banlieue. Il continuait de neiger. J'ai embrassé Denise et Gay Orlow et j'ai regagné mon compartiment où Freddie était déjà installé. Bientôt Wildmer nous a rendu visite. Il se trouvait dans un compartiment qu'il occupait seul, pour l'instant, et il espérait que personne n'y viendrait jusqu'à la fin du voyage. Il craignait en effet qu'on le reconnût car on avait beaucoup vu sa photographie dans les journaux hippiques quelques années auparavant, à l'époque de son accident sur le terrain de courses d'Auteuil. Nous tâchions de le rassurer en lui disant qu'on oublie très vite le visage des jockeys.

Nous nous sommes allongés sur nos couchettes, Freddie et moi. Le train avait pris de la vitesse. Nous laissions nos veilleuses allumées et Freddie fumait nerveusement. Il était un peu anxieux, à cause des contrôles éventuels. Moi aussi, mais je tentais de le dissimuler. Nous avions, Freddie, Gay Orlow, Wildmer et moi des passeports dominicains grâce à Rubirosa, mais nous ne pouvions pas vraiment jurer de leur efficacité. Rubi lui-même me l'avait dit. Nous étions à la merci d'un policier ou d'un contrôleur plus tatillon que les autres. Seule, Denise ne risquait rien. Elle était une authentique Française.

Le train s'est arrêté pour la première fois. Dijon. La voix du haut-parleur était étouffée par la neige. Nous avons entendu quelqu'un qui marchait le long du couloir. On ouvrait la porte d'un compartiment. Peut-être entrait-on chez Wildmer. Alors, nous avons été pris, Freddie et moi, d'un fou rire nerveux.

Le train est resté une demi-heure en gare de Chalon-sur-Saône. Freddie s'était endormi et j'ai éteint la veilleuse du compartiment. Je ne sais pas pourquoi, mais je me sentais plus rassuré dans l'obscurité.

J'ai essayé de penser à autre chose, de ne pas prêter l'oreille aux pas qui résonnaient dans le couloir. Sur le quai, des gens parlaient et je saisissais quelques mots de leur conversation. Ils devaient se trouver devant notre fenêtre. L'un d'eux toussait, d'une toux grasse. Un autre sifflotait. Le bruit cadencé d'un train qui passait a couvert leurs voix.

La porte s'est ouverte brusquement et la silhouette d'un homme en pardessus s'est découpée à la lumière du couloir. Il a balayé de haut en bas le compartiment de sa torche électrique, pour vérifier combien nous étions. Freddie s'est réveillé en sursaut.

— Vos papiers...

Nous lui avons tendu nos passeports dominicains. Il les a examinés d'un œil distrait, puis il les a donnés à quelqu'un, à côté de lui, que nous ne voyions pas à cause du battant de la porte. J'ai fermé les yeux. Ils ont échangé quelques mots inaudibles.

Il a fait un pas à l'intérieur du compartiment. Il avait nos passeports à la main.

— Vous êtes diplomates ?

— Oui, ai-je répondu machinalement.

Au bout de quelques secondes, je me suis souvenu que Rubirosa nous avait donné des passeports diplomatiques.

Sans un mot, il nous a remis nos passeports et a fermé la porte.

Nous retenions notre respiration dans le noir. Nous sommes restés silencieux jusqu'au départ du train. Il s'est ébranlé. J'ai entendu le rire de Freddie. Il a allumé la lumière.

— On va voir les autres ? m'a-t-il dit.

Le compartiment de Denise et de Gay Orlow n'avait pas été contrôlé. Nous les avons réveillées. Elles ne comprenaient pas la raison de notre agitation. Puis Wildmer nous a rejoints, le visage grave. Il tremblait encore. On lui avait aussi demandé s'il était « diplomate dominicain », quand il avait montré son passeport, et il n'avait pas osé répondre, de crainte que parmi les policiers en civil et les contrôleurs, se trouvât un turfiste qui le reconnût.

Le train glissait à travers un paysage blanc de neige. Comme il était doux, ce paysage, et amical. J'éprouvais une ivresse et une confiance que je n'avais jamais ressenties jusque-là à voir ces maisons endormies.

216

Il faisait encore nuit quand nous sommes arrivés à Sallanches. Un car et une grosse automobile noire stationnaient devant la gare. Freddie, Wildmer et moi nous portions les valises tandis que deux hommes avaient pris en charge la malle-armoire de Gay Orlow. Nous étions une dizaine de voyageurs qui allions monter dans le car pour Megève et le chauffeur et les deux porteurs empilaient les valises à l'arrière, lorsqu'un homme blond s'est approché de Gay Orlow, le même qu'elle avait remarqué à la gare de Lyon, la veille. Ils ont échangé quelques mots en français. Plus tard, elle nous a expliqué qu'il s'agissait d'une vague relation, un Russe dont le prénom était Kyril. Celui-ci a désigné la grosse automobile noire au volant de laquelle quelqu'un attendait, et a proposé de nous conduire à Megève. Mais Freddie a décliné cette invitation, en disant qu'il préférait prendre le car.

Il neigeait. Le car avançait lentement et l'automobile noire nous a doublés. Nous suivions une route en pente et la carcasse du car tremblait à chaque reprise. Je me demandais si nous ne tomberions pas en panne avant Megève. Quelle importance ? A mesure que la nuit laissait place à un brouillard blanc et cotonneux que perçaient à peine les feuillages des sapins, je me disais que personne ne viendrait nous chercher ici. Nous ne risquions rien. Nous devenions peu à peu invisibles. Même nos habits de ville qui auraient pu attirer l'attention sur nous — le manteau roux de Wildmer et son feutre bleu marine, le manteau en peau de léopard de Gay,

217

le poil de chameau de Freddie, son écharpe verte et ses grosses chaussures de golf noir et blanc — se fondaient dans le brouillard. Qui sait ? Peut-être finirions-nous par nous volatiliser. Ou bien nous ne serions plus que cette buée qui recouvrait les vitres, cette buée tenace qu'on ne parvenait pas à effacer avec la main. Comment le chauffeur se repérait-il ? Denise s'était endormie et sa tête avait basculé sur mon épaule.

Le car s'est arrêté au milieu de la place, devant la mairie. Freddie a fait charger nos bagages sur un traîneau qui attendait là et nous sommes allés boire quelque chose de chaud dans une pâtisserie-salon de thé, tout près de l'église. L'établissement venait d'ouvrir et la dame qui nous a servis paraissait étonnée de notre présence si matinale. Ou bien étaient-ce l'accent de Gay Orlow et nos tenues de citadins ? Wildmer s'émerveillait de tout. Il ne connaissait pas encore la montagne ni les sports d'hiver. Le front collé à la vitre, bouche bée, il regardait la neige qui tombait sur le monument aux morts et la mairie de Megève. Il questionnait la dame pour savoir de quelle manière fonctionnaient les téléphériques et s'il pouvait s'inscrire à une école de ski.

Le chalet s'appelait « Croix du Sud ». Il était grand, construit en bois foncé, avec des volets verts. Je crois que Freddie l'avait loué à l'un de ses amis de Paris. Il dominait l'un des virages d'une route et de celle-ci on ne le remarquait pas car un rideau de sapins le protégeait. On y accédait de la route en suivant un chemin en lacets. La route, elle aussi, montait quelque part, mais je n'ai jamais eu la curiosité de savoir jusqu'où. Notre chambre, à Denise et à moi, était au premier étage et de la fenêtre, par-dessus les sapins, nous avions une vue sur tout le village de Megève. Je m'étais exercé à reconnaître, les jours de beau temps, le clocher de l'église, la tache ocre que faisait un hôtel au pied de Rochebrune, la gare routière et la patinoire et le cimetière, tout au fond. Freddie et Gay Orlow occupaient une chambre au rez-de-chaussée, à côté de la salle de séjour, et pour accéder à la chambre de Wildmer, il fallait descendre encore un étage car elle se trouvait en contrebas et sa fenêtre, un hublot, était au ras du sol. Mais Wildmer lui-même avait choisi de s'installer là — dans son terrier, comme il disait.

Au début, nous ne quittions pas le chalet. Nous faisions d'interminables parties de cartes dans la salle de séjour. Je garde un souvenir assez précis de cette pièce. Un tapis de laine. Une banquette de cuir au-dessus de laquelle courait un rayonnage de livres. Une table basse. Deux fenêtres qui donnaient sur un balcon. Une femme qui habitait dans le voisinage se chargeait des courses à Megève.

Denise lisait des romans policiers qu'elle avait trouvés sur le rayonnage. Moi aussi. Freddie se laissait pousser la barbe et Gay Orlow nous préparait chaque soir un bortsch. Wildmer avait demandé qu'on lui rapportât régulièrement du village *Paris-Sport* qu'il lisait, caché au fond de son « terrier ». Un après-midi, alors que nous jouions au bridge, il est apparu, le visage révulsé, en brandissant ce journal. Un chroniqueur retraçait les événements marquants du monde des courses de ces dix dernières années et évoquait, entre autres choses : « L'accident spectaculaire, à Auteuil, du jockey anglais André Wildmer. » Quelques photos illustraient l'article parmi lesquelles une photo de Wildmer, minuscule, plus petite qu'un timbre-poste. Et c'était cela qui l'affolait : que quelqu'un à la gare de Sallanches ou à Megève, dans la pâtisserie près de l'église, eût pu le reconnaître. Que la dame qui nous apportait les provisions et s'occupait un peu du ménage l'eût identifié comme « le jockey anglais André Wildmer ». Une semaine avant notre départ, n'avait-il pas reçu un coup de téléphone anonyme, chez lui, square des Aliscamps ? Une voix feutrée lui avait dit : « Allô ? Toujours à Paris, Wildmer ? » Et on avait éclaté de rire et raccroché.

Nous avions beau lui répéter qu'il ne risquait rien puisqu'il était « citoyen dominicain », il montrait une grande nervosité.

Une nuit, vers trois heures du matin, Freddie donna des coups violents dans la porte du « terrier » de Wildmer, en hurlant : « Nous savons que vous êtes là, André Wildmer... Nous savons que vous êtes le jockey anglais André Wildmer... Sortez immédiatement... »

Wildmer n'avait pas apprécié cette plaisanterie et n'adressa plus la parole à Freddie pendant deux jours. Et puis, ils se réconcilièrent.

Hormis cet incident sans importance, tout se passait dans le plus grand calme, au chalet, les premiers jours.

Mais, peu à peu, Freddie et Gay Orlow se sont lassés de la monotonie de notre emploi du temps. Wildmer lui-même, en dépit de sa peur qu'on reconnût en lui « le jockey anglais », tournait en rond. C'était un sportif, il n'avait pas l'habitude de l'inaction.

Freddie et Gay Orlow ont rencontré des « gens » au cours de promenades qu'ils faisaient à Megève. Beaucoup de « gens », paraît-il, étaient venus comme nous se réfugier ici. On se retrouvait, on organisait des « fêtes ». Nous en avions des échos par Freddie, Gay Orlow et Wildmer qui ne tardèrent pas à se mêler à cette vie nocturne. Moi, je me méfiais. Je préférais rester au chalet avec Denise.

Pourtant, il nous arrivait de descendre au village. Nous quittions le chalet vers dix heures du matin et nous suivions un chemin bordé de petites chapelles. Nous entrions quelquefois dans l'une d'elles et Denise y allumait un cierge. Certaines étaient fermées. Nous marchions lentement pour ne pas glisser dans la neige.

Plus bas un crucifix de pierre se dressait au milieu d'une sorte de rond-point d'où partait un chemin très raide. On avait disposé sur la moitié de celui-ci des marches de bois mais la neige les avait recouvertes. Je précédais Denise, de sorte que je pouvais la retenir, si elle glissait. Au bas du chemin, c'était le village. Nous longions la rue principale, jusqu'à la place de la mairie, et passions devant l'hôtel du Mont-Blanc. Un peu plus loin, sur le trottoir de droite, se dressait le bâtiment de béton grisâtre de la poste. Là, nous envoyions quelques lettres aux amis de Denise : Léon, Hélène qui nous avait prêté son appartement, rue Cambacérès... J'avais écrit un mot à Rubirosa pour lui dire que nous étions bien arrivés grâce à ses passeports et lui conseillais de venir nous rejoindre car il m'avait dit, la dernière fois que nous nous étions vus à la légation, qu'il avait l'intention de « se mettre au vert ». Je lui donnai notre adresse.

Nous montions vers Rochebrune. De tous les hôtels, au bord de la route, sortaient des groupes d'enfants, encadrés par des monitrices en tenues de sport d'hiver bleu marine. Ils portaient des skis ou des patins à glace sur l'épaule. Depuis quelques mois en effet on avait réquisitionné les hôtels de la station pour les enfants les plus pauvres des grandes villes. Avant de faire demi-tour, nous regardions de loin les gens se presser au guichet du téléphérique.

Au-dessus du chalet « Croix du Sud », si l'on suivait le chemin en pente à travers les sapins, on arrivait devant un chalet très bas, d'un seul étage. C'était là qu'habitait la dame qui faisait les courses pour nous. Son mari possédait quelques vaches, il était gardien de la « Croix du Sud » en l'absence des propriétaires et avait aménagé dans son chalet une grande salle, avec des tables, un bar rudimentaire et un billard. Un après-midi nous sommes montés chercher du lait chez cet homme, Denise et moi. Il n'était pas très aimable avec nous, mais Denise, quand elle a vu le billard, lui a demandé si elle pourrait jouer. Il a d'abord paru surpris, puis il s'est détendu. Il lui a dit de venir jouer quand elle le voudrait.

Nous y allions souvent, le soir, après que Freddie, Gay Orlow et Wildmer nous avaient quittés pour participer à la vie du Megève de ce temps-là. Ils nous proposaient de les retrouver à « L'Équipe » ou dans un chalet quelconque pour une « fête entre amis », mais nous préférions monter là-haut. Georges — c'était le prénom de l'homme — et sa femme nous attendaient. Je crois qu'ils nous aimaient bien. Nous jouions au billard avec lui et deux ou trois de ses amis. C'était Denise qui jouait le mieux. Je la revois, gracile, la canne du billard à la main, je revois son doux visage asiatique, ses yeux clairs, ses cheveux châtains aux reflets de cuivre qui tombaient en torsades jusqu'aux hanches... Elle portait un vieux chandail rouge que lui avait prêté Freddie.

Nous bavardions très tard avec Georges et sa femme. Georges nous disait qu'il y aurait certainement du grabuge, un de ces jours, et des vérifications d'identité car beaucoup de gens qui étaient à Megève en villégiature faisaient la bringue et attiraient l'attention sur eux. Nous, nous ne ressemblions pas aux autres. Sa femme et lui s'occuperaient de nous, en cas de pépin...

Denise m'avait confié que « Georges » lui rappelait son père. On allumait souvent un feu de bois. Les heures passaient, douces et chaleureuses, et nous nous sentions en famille.

Quelquefois, quand les autres étaient partis, nous restions seuls à la « Croix du Sud ». Le chalet était à nous. Je voudrais revivre certaines nuits limpides où nous contemplions le village, en bas, qui se découpait avec netteté sur la neige et l'on aurait dit un village en miniature, l'un de ces jouets que l'on expose à Noël, dans les vitrines. Ces nuits-là tout paraissait simple et rassurant et nous rêvions à l'avenir. Nous nous fixerions ici, nos enfants iraient à l'école du village, l'été viendrait dans le bruit des cloches des troupeaux qui paissent... Nous mènerions une vie heureuse et sans surprises.

D'autres nuits, la neige tombait et j'étais gagné par une impression d'étouffement. Nous ne pourrions jamais nous en sortir, Denise et moi. Nous étions prisonniers, au fond de cette vallée, et la neige nous ensevelirait peu à peu. Rien de plus décourageant que ces montagnes qui barraient l'horizon. La panique m'envahissait. Alors, j'ouvrais la porte-fenêtre et nous sortions sur le balcon. Je respirais l'air froid qu'embaumaient les sapins. Je n'avais plus peur. Au contraire, j'éprouvais un détachement, une tristesse sereine qui venaient du paysage. Et nous là-dedans ? L'écho de nos gestes et de nos vies, il me semblait qu'il était étouffé par cette ouate qui tombait en flocons légers autour de nous, sur le clocher de l'église, sur la patinoire et le cimetière, sur le trait plus sombre que dessinait la route à travers la vallée.

Et puis Gay Orlow et Freddie ont commencé à inviter des gens, le soir, au chalet. Wildmer ne craignait plus d'être reconnu et se montrait un très brillant boute-en-train. Il en venait une dizaine, souvent plus, à l'improviste, vers minuit, et la fête commencée dans un autre chalet continuait de plus belle. Nous les évitions, Denise et moi, mais Freddie nous demandait de rester avec une telle gentillesse, que nous lui obéissions quelquefois.

Je revois encore, d'une manière floue, certaines personnes. Un brun vif qui vous proposait sans

225

cesse une partie de poker et circulait dans une voiture immatriculée au Luxembourg ; un certain « André-Karl », blond au chandail rouge, le visage tanné par le ski de fond ; un autre individu, très costaud, caparaçonné de velours noir, et dans mon souvenir il ne cesse de tourner comme un gros bourdon... Des beautés sportives dont une « Jacqueline » et une « Mme Campan ».

Il arrivait qu'au cœur de la soirée, on éteignît brusquement la lumière de la salle de séjour, ou qu'un couple s'isolât dans une chambre.

Ce « Kyril », enfin, que Gay Orlow avait rencontré à la gare de Sallanches, et qui nous avait proposé l'usage de sa voiture. Un Russe, marié à une Française, très jolie femme. Je crois qu'il trafiquait dans les boîtes de peinture et l'aluminium. Du chalet, il téléphonait souvent à Paris et je répétais à Freddie que ces appels téléphoniques attireraient l'attention sur nous, mais chez Freddie, comme chez Wildmer, toute prudence avait disparu.

Ce furent « Kyril » et sa femme qui amenèrent un soir, au chalet, Bob Besson et un certain « Oleg de Wrédé ». Besson était moniteur de ski et avait eu, pour clients, des célébrités. Il pratiquait le saut de tremplin et de mauvaises chutes lui avaient couturé le visage de cicatrices. Il boitait légèrement. Un petit homme brun, originaire de Megève. Il buvait, ce qui ne l'empêchait pas de skier à partir de huit heures du matin. Outre son métier de moniteur, il occupait un poste dans les services du ravitaillement, et à ce titre disposait d'une automobile, la conduite intérieure noire que j'avais remarquée à notre arrivée à Sallanches. Wrédé, un jeune Russe que Gay Orlow avait déjà rencontré à Paris, faisait de fréquents séjours à Megève. Il semblait qu'il vécût d'expédients, d'achats et de reventes de pneus et de pièces détachées, car lui aussi téléphonait à Paris du chalet, et je l'entendais toujours appeler un mystérieux « Garage de la Comète ».

Pourquoi, ce soir-là, ai-je lié conversation avec Wrédé ? Peut-être parce qu'il était d'un abord agréable. Il avait un regard franc et un air de joyeuse naïveté. Il riait pour un rien. Une attention qui lui faisait sans cesse vous demander si « vous vous sentiez bien », si « vous ne vouliez pas un verre d'alcool », si « vous ne préfériez pas être assis sur ce canapé, plutôt que sur cette chaise », si « vous aviez bien dormi la nuit dernière »... Une manière de boire vos paroles, l'œil rond, le front plissé, comme si vous prononciez des oracles.

Il avait compris quelle était notre situation et, très vite, me demanda si nous voulions rester longtemps « dans ces montagnes ». Comme je lui répondais que nous n'avions pas le choix, il me déclara à voix basse qu'il connaissait un moyen de passer clandes-

tinement la frontière suisse. Est-ce que cela m'intéressait ?

J'ai hésité un instant et lui ai dit que oui.

Il m'a dit qu'il fallait compter 50 000 francs par
personne et que Besson était dans le coup. Besson et
lui se chargeaient de nous conduire jusqu'à un point
proche de la frontière où un passeur expérimenté de
leurs amis les relaierait. Ils avaient ainsi fait passer
en Suisse une dizaine de gens dont il citait les noms.
J'avais le temps de réfléchir. Il repartait à Paris mais
serait de retour la semaine suivante. Il me donnait
un numéro à Paris : Auteuil 54-73, où je pourrais le
joindre si je prenais une décision rapide.

J'en ai parlé à Gay Orlow, à Freddie et à
Wildmer. Gay Orlow a paru étonnée que « Wrédé »
s'occupât du passage des frontières, elle qui ne le
voyait que sous l'aspect d'un jeune homme frivole,
vivotant de trafics. Freddie pensait qu'il était inutile
de quitter la France puisque nos passeports dominicains nous protégeaient. Wildmer, lui, trouvait à
Wrédé une « gueule de gigolo », mais c'était surtout
Besson qu'il n'aimait pas. Il nous affirmait que les
cicatrices du visage de Besson étaient fausses et qu'il
les dessinait lui-même chaque matin à l'aide d'un
maquillage. Rivalité de sportifs ? Non, vraiment, il
ne pouvait pas supporter Besson qu'il appelait :
« Carton Pâte ». Denise, elle, trouvait Wrédé
« sympathique ».

Ça s'est décidé très vite. A cause de la neige. Depuis une semaine, il n'arrêtait pas de neiger. J'éprouvais de nouveau cette impression d'étouffement que j'avais déjà connue à Paris. Je me suis dit que si je restais plus longtemps ici, nous serions pris au piège. Je l'ai expliqué à Denise.

Wrédé est revenu la semaine suivante. Nous sommes tombés d'accord et nous avons parlé du passage de la frontière, avec lui et avec Besson. Jamais Wrédé ne m'avait semblé aussi chaleureux, aussi digne de confiance. Sa manière amicale de vous taper sur l'épaule, ses yeux clairs, ses dents blanches, son empressement, tout cela me plaisait, bien que Gay Orlow m'eût souvent dit en riant qu'avec les Russes et les Polonais, il fallait se méfier.

Très tôt, ce matin-là, nous avons bouclé nos bagages, Denise et moi. Les autres dormaient encore et nous n'avons pas voulu les réveiller. J'ai laissé un mot à Freddie.

Ils nous attendaient au bord de la route, dans l'automobile noire de Besson, celle que j'avais déjà vue, à Sallanches. Wrédé était au volant, Besson assis à côté de lui. J'ai ouvert moi-même le coffre de la voiture pour charger les bagages et nous avons pris place, Denise et moi, sur le siège arrière.

Pendant tout le trajet, nous n'avons pas parlé. Wrédé paraissait nerveux.

Il neigeait. Wrédé conduisait lentement. Nous suivions de petites routes de montagne. Le voyage a bien duré deux heures.

C'est au moment où Wrédé a arrêté la voiture et m'a demandé l'argent que j'ai eu un vague pressentiment. Je lui ai tendu les liasses de billets. Il les a comptés. Puis il s'est retourné vers nous et m'a souri. Il a dit que maintenant nous allions nous séparer par mesure de prudence, pour passer la frontière. Je partirais avec Besson, lui avec Denise et les bagages. Nous nous retrouverions dans une heure chez ses amis, de l'autre côté... Il souriait toujours. Étrange sourire que je revois encore dans mes rêves.

Je suis descendu de la voiture avec Besson. Denise s'est assise à l'avant, aux côtés de Wrédé. Je la regardais, et de nouveau un pressentiment m'a pincé le cœur. J'ai voulu ouvrir la portière et lui demander de descendre. Nous serions partis tous les deux. Mais je me suis dit que j'avais un naturel très méfiant et que je me faisais des idées. Denise, elle, semblait confiante et de bonne humeur. De la main, elle m'a envoyé un baiser.

Elle était habillée, ce matin-là, d'un manteau de skunks, d'un pull-over Jacquard et d'un pantalon de ski que lui avait prêté Freddie. Elle avait vingt-six ans, les cheveux châtains, les yeux verts, et mesurait 1,65 m. Nous n'avions pas beaucoup de bagages : deux sacs de cuir et une petite valise marron foncé.

Wrédé, toujours souriant, a mis en marche le moteur. J'ai fait un signe du bras à Denise qui penchait la tête par la vitre baissée. J'ai suivi du regard la voiture qui s'éloignait. Elle n'était plus, là-bas, qu'un tout petit point noir.

J'ai commencé à marcher, derrière Besson. J'observais son dos et la trace de ses pas dans la neige. Brusquement, il m'a dit qu'il partait en éclaireur, car nous approchions de la frontière. Il me demandait de l'attendre.

Au bout d'une dizaine de minutes, j'ai compris qu'il ne reviendrait pas. Pourquoi avais-je entraîné Denise dans ce guet-apens ? De toutes mes forces, j'essayais d'écarter la pensée que Wrédé allait l'abandonner elle aussi et qu'il ne resterait rien de nous deux.

Il neigeait toujours. Je continuais de marcher, en cherchant vainement un point de repère. J'ai marché pendant des heures et des heures. Et puis, j'ai fini par me coucher dans la neige. Tout autour de moi, il n'y avait plus que du blanc.

XXXVIII

Je suis descendu du train à Sallanches. Il y avait
du soleil. Sur la place de la gare, un autocar
attendait, le moteur en marche. Un seul taxi, une
DS 19, était garé le long du trottoir. Je suis monté
dedans.

— A Megève, ai-je dit au chauffeur.

Il a démarré. Un homme d'une soixantaine
d'années, les cheveux poivre et sel, qui portait une
canadienne au col de fourrure usé. Il suçait un
bonbon ou une pastille.

— Beau temps, hein ? m'a-t-il dit.

— Eh oui...

Je regardais par la vitre et essayais de reconnaître
la route que nous suivions, mais sans la neige, elle
ne ressemblait plus du tout à celle de jadis. Le soleil
sur les sapins et sur les prairies, la voûte que
formaient les arbres, au-dessus de la route, tous ces
verts différents me surprenaient.

— Je ne reconnais plus le paysage, dis-je au chauffeur.

— Vous êtes déjà venu ici ?

— Oui, il y a très longtemps... et sous la neige...

— Ce n'est pas la même chose, sous la neige.

Il sortit de sa poche une petite boîte ronde et métallique qu'il me tendit.

— Vous voulez une Valda ?

— Merci.

Il en prit une lui aussi.

— J'ai arrêté de fumer depuis une semaine... C'est mon docteur qui m'a recommandé de sucer des Valda... Vous fumez, vous ?

— J'ai arrêté moi aussi... Dites-moi... Vous êtes de Megève ?

— Oui, monsieur.

— J'ai connu des gens à Megève... J'aimerais bien savoir ce qu'ils sont devenus... Par exemple j'ai connu un type qui s'appelait Bob Besson...

Il a ralenti et s'est tourné vers moi.

— Robert ? Le moniteur ?

— Oui.

Il a hoché la tête.

— J'étais à l'école avec lui.

— Qu'est-ce qu'il est devenu ?

— Il est mort. Il s'est tué en sautant d'un tremplin, il y a quelques années.

— Ah bon...

— Il aurait pu faire quelque chose de bien... Mais... Vous l'avez connu ?

— Pas très bien.

— Robert a eu la tête tournée très jeune, à cause de ses clients...

Il a ouvert la boîte de métal et avalé une pastille.

— Il est mort sur le coup... en sautant...

Le car nous suivait, à une vingtaine de mètres. Un car bleu ciel.

— Il était très ami avec un Russe, non ? ai-je demandé.

— Un Russe ? Besson, ami avec un Russe ?

Il ne comprenait pas ce que je voulais dire.

— Vous savez, Besson n'était vraiment pas un type très intéressant... Il avait une mauvaise mentalité...

J'ai compris qu'il n'en dirait pas plus sur Besson.

— Vous connaissez un chalet de Megève qui s'appelle « Croix du Sud » ?

— La « Croix du Sud » ?... Il y a eu beaucoup de chalets qui se sont appelés comme ça...

Il me tendait de nouveau la boîte de pastilles. J'en pris une.

— Le chalet surplombait une route, dis-je.

— Quelle route ?

Oui : quelle route ? Celle que je voyais dans mon souvenir ressemblait à n'importe quelle route de montagne. Comment la retrouver ? Et le chalet n'existait peut-être plus. Et même s'il existait encore...

Je me suis penché vers le chauffeur. Mon menton est venu toucher le col de fourrure de sa canadienne.

234

— Ramenez-moi à la gare de Sallanches, ai-je dit.

Il s'est retourné vers moi. Il paraissait surpris.

— Comme vous voudrez, monsieur.

XXXIX

Objet : HOWARD DE LUZ. Alfred Jean.

Né à : Port-Louis (île Maurice), le 30 juillet 1912 de
HOWARD DE LUZ, Joseph Simety et de Louise,
née FOUQUEREAUX.

Nationalité : anglaise (et américaine)

M. Howard de Luz a résidé successivement :

Château Saint-Lazare, à Valbreuse (Orne)

23, rue Raynouard, à Paris (16e)

Hôtel Chateaubriand, 18, rue du Cirque, à
Paris (8e)

56, avenue Montaigne, à Paris (8e)

25, avenue du Maréchal-Lyautey, à Paris (16e)

M. Howard de Luz, Alfred Jean, n'avait pas de
profession bien définie, à Paris.

Il se serait consacré de 1934 à 1939 à la prospection
et à l'achat de meubles anciens, pour le compte
d'un Grec résidant en France, nommé Jimmy
Stern, et aurait fait, à cette occasion, un long
voyage aux Etats-Unis, d'où sa grand-mère était
originaire.

Il semble que M. Howard de Luz, bien qu'apparte-
nant à une famille française de l'île Maurice, ait
joui de la double nationalité anglaise et américaine.
En 1950 M. Howard de Luz a quitté la France pour
se fixer en Polynésie sur l'île de Padipi, proche de
Bora Bora (Iles de la Société).

A cette fiche était joint le mot suivant :

« Cher Monsieur, veuillez m'excuser du retard
avec lequel je vous communique les renseignements
que nous possédons concernant M. Howard de
Luz. Il a été très difficile de les trouver : M. Howard de Luz étant ressortissant britannique (ou
américain) n'a guère laissé de traces dans nos
services.

« Mon souvenir cordial à vous et à Hutte.

« J.-P. Bernardy. »

XL

« Mon cher Hutte, je vais quitter Paris la semaine prochaine pour une île du Pacifique où j'ai quelque chance de retrouver un homme qui me donnera des renseignements sur ce qu'a été ma vie. Il s'agirait d'un ami de jeunesse.

Jusque-là, tout m'a semblé si chaotique, si morcelé... Des lambeaux, des bribes de quelque chose, me revenaient brusquement au fil de mes recherches... Mais après tout, c'est peut-être ça, une vie.

Est-ce qu'il s'agit bien de la mienne ? Ou de celle d'un autre dans laquelle je me suis glissé ?

Je vous écrirai de là-bas.

J'espère que tout va bien pour vous à Nice et que vous avez obtenu cette place de bibliothécaire que vous convoitiez, dans ce lieu qui vous rappelle votre enfance. »

XLI

AUTeuil 54-73 : GARAGE DE LA COMÈTE —
5, rue Foucault. Paris 16ᵉ.

XLII

Une rue qui donne sur le quai, avant les jardins du Trocadéro, et il me sembla que dans cette rue habitait Waldo Blunt, le pianiste américain que j'avais accompagné jusque chez lui et qui fut le premier mari de Gay Orlow.

Le garage était fermé depuis longtemps, si l'on en jugeait par la grande porte de fer rouillée. Au-dessus d'elle, sur le mur gris, on pouvait encore lire, bien que les lettres bleues fussent à moitié effacées : GARAGE DE LA COMÈTE.

Au premier étage, à droite, une fenêtre dont le store orange pendait. La fenêtre d'une chambre ? d'un bureau ? Le Russe se trouvait-il dans cette pièce quand je lui avais téléphoné de Megève à AUTeuil 54-73 ? Quelles étaient ses activités au Garage de la Comète ? Comment le savoir ? Tout paraissait si lointain devant ce bâtiment abandonné...

J'ai fait demi-tour et suis resté un moment sur le quai. Je regardais les voitures qui filaient et les lumières, de l'autre côté de la Seine, près du Champ-de-Mars. Quelque chose de ma vie subsistait peut-être, là-bas, dans un petit appartement en bordure des jardins, une personne qui m'avait connu et qui se souvenait encore de moi.

XLIII

Une femme se tient à l'une des fenêtres d'un rez-de-chaussée, à l'angle de la rue Rude et de la rue de Saïgon. Il y a du soleil et des enfants jouent au ballon sur le trottoir, un peu plus loin. Sans cesse, on entend les enfants crier : « Pedro » car l'un d'eux porte ce prénom et les autres l'interpellent tout en continuant de jouer. Et ce « Pedro » lancé par des voix au timbre clair résonne d'une drôle de façon dans la rue.

De sa fenêtre, elle ne voit pas les enfants. Pedro. Elle a connu quelqu'un qui s'appelait comme ça, il y a longtemps. Elle essaie de se rappeler à quelle époque, tandis que lui parviennent les cris, les rires et le bruit mat du ballon qui rebondit contre un mur. Mais oui. C'était du temps où elle faisait le mannequin, chez Alex Maguy. Elle avait rencontré une certaine Denise, une blonde au visage un peu asiatique, qui travaillait elle aussi dans la couture. Elles avaient tout de suite sympathisé.

Cette Denise vivait avec un homme qui s'appelait

Pedro. Sans doute un Américain du Sud. Elle se souvenait en effet que ce Pedro travaillait dans une légation. Un grand brun dont elle revoyait assez nettement le visage. Elle aurait pu le reconnaître encore aujourd'hui, mais il avait dû prendre un coup de vieux.

Un soir, ils étaient venus tous les deux ici, chez elle, rue de Saïgon. Elle avait invité quelques amis à dîner. L'acteur japonais et sa femme aux cheveux d'un blond de corail qui habitaient tout près rue Chalgrin, Evelyne, une brune qu'elle avait connue chez Alex Maguy, accompagnée d'un jeune homme pâle, une autre personne mais elle avait oublié qui, et Jean-Claude, le Belge qui lui faisait la cour... Le dîner avait été très gai. Elle avait pensé que Denise et Pedro formaient un beau couple.

L'un des enfants a pris le ballon au vol, le serre contre lui et s'éloigne des autres, à grandes enjambées. Elle les voit passer en courant devant sa fenêtre. Celui qui tient le ballon débouche, essoufflé, avenue de la Grande-Armée. Il traverse l'avenue, le ballon toujours serré contre lui. Les autres n'osent pas le suivre et restent immobiles, à le regarder courir, sur le trottoir d'en face. Il pousse le ballon du pied. Le soleil fait briller les chromes des vélos à la devanture des magasins de cycles qui se succèdent le long de l'avenue.

Il a oublié les autres. Il court tout seul avec le ballon, et s'engage à droite, en dribblant, dans la rue Anatole-de-la-Forge.

XLIV

J'ai appuyé mon front au hublot. Deux hommes
faisaient les cent pas sur le pont, en bavardant, et le
clair de lune colorait la peau de leur visage d'une
teinte cendrée. Ils ont fini par s'accouder au bastin-
gage.

Je ne pouvais pas dormir, bien qu'il n'y eût plus
de houle. Je regardais une à une les photos de nous
tous, de Denise, de Freddie, de Gay Orlow, et ils
perdaient peu à peu de leur réalité à mesure que le
bateau poursuivait son périple. Avaient-ils jamais
existé ? Me revenait en mémoire ce qu'on m'avait
dit des activités de Freddie en Amérique. Il avait été
le « confident de John Gilbert ». Et ces mots
évoquaient pour moi une image : deux hommes
marchant côte à côte dans le jardin à l'abandon
d'une villa, le long d'un court de tennis recouvert de
feuilles mortes et de branches brisées, le plus grand
des deux hommes — Freddie — penché vers l'autre
qui devait lui parler à voix basse et était certainement John Gilbert.

Plus tard, j'ai entendu une bousculade, des éclats de voix et de rire dans les coursives. On se disputait une trompette pour jouer les premières mesures d'*Auprès de ma blonde*. La porte de la cabine voisine de la mienne a claqué. Ils étaient plusieurs là-dedans. Il y a eu de nouveau des éclats de rire, des tintements de verres qui s'entrechoquaient, des respirations précipitées, un gémissement doux et prolongé...

Quelqu'un rôdait le long des coursives en agitant une petite sonnette et en répétant d'une voix grêle d'enfant de chœur que nous étions passés de l'autre côté de la Ligne.

XLV

Là-bas, des fanaux rouges s'égrenaient, et l'on croyait d'abord qu'ils flottaient dans l'air avant de comprendre qu'ils suivaient la ligne d'un rivage. On devinait une montagne de soie bleu sombre. Les eaux calmes, après le passage des récifs.

Nous entrions en rade de Papeete.

XLVI

On m'avait adressé à un certain Fribourg. Il habitait depuis trente ans Bora Bora et filmait des documentaires sur les îles du Pacifique qu'il avait coutume de présenter à Paris, salle Pleyel. C'était l'un des hommes qui connaissaient le mieux l'Océanie.

Je n'avais même pas eu besoin de lui montrer la photo de Freddie. Il l'avait rencontré à plusieurs reprises, quand il accostait à l'île de Padipi. Il me le décrivait comme un homme mesurant près de deux mètres, ne quittant jamais son île, ou alors seul sur son bateau, un schooner, à bord duquel il effectuait de longs périples à travers les atolls des Touamotou, et même jusqu'aux Marquises.

Fribourg proposa de m'emmener à l'île de Padipi. Nous nous embarquâmes sur une sorte de bateau de pêche. Nous étions accompagnés par un Maori obèse qui ne quittait pas Fribourg d'une semelle. Je crois qu'ils vivaient ensemble. Couple étrange que ce petit homme aux allures d'ancien

chef scout, vêtu d'une culotte de golf élimée et
d'une chemisette, et qui portait des lunettes à
monture métallique, et du gros Maori à peau
cuivrée. Celui-ci était habillé d'un paréo et d'un
corsage de cotonnade bleu ciel. Pendant la traversée, il me raconta d'une voix douce qu'adolescent, il
avait joué au football avec Alain Gerbault.

XLVII

Sur l'île, nous suivîmes une allée couverte de gazon et bordée de cocotiers et d'arbres à pain. De temps en temps, un mur blanc à hauteur d'appui marquait la limite d'un jardin au milieu duquel se dressait une maison — toujours la même — avec une véranda et un toit de tôle peint en vert.

Nous débouchâmes sur une grande prairie entourée de barbelés. Du côté gauche, un groupe de hangars la bordaient parmi lesquels un bâtiment de deux étages, d'un beige rosé. Fribourg m'expliqua qu'il s'agissait d'un ancien aérodrome construit par les Américains pendant la guerre du Pacifique et que c'était là que vivait Freddie.

Nous entrâmes dans le bâtiment de deux étages. Au rez-de-chaussée, une chambre meublée d'un lit, d'une moustiquaire, d'un bureau et d'un fauteuil d'osier. Une porte donnait accès à une salle de bains rudimentaire.

Au premier et au deuxième étage, les pièces étaient vides et des carreaux manquaient aux fenêtres. Quelques gravats au milieu des couloirs. On avait laissé pendre, à l'un des murs, une carte militaire du Pacifique Sud.

Nous sommes revenus dans la chambre qui devait être celle de Freddie. Des oiseaux au plumage brun se glissaient par la fenêtre entrouverte et se posaient, en rangs serrés, sur le lit, sur le bureau et l'étagère de livres, près de la porte. Il en venait de plus en plus. Fribourg me dit que c'étaient des merles des Moluques et qu'ils rongeaient tout, le papier, le bois, les murs même des maisons.

Un homme est entré dans la pièce. Il portait un paréo et une barbe blanche. Il a parlé au gros Maori qui suivait Fribourg comme son ombre et le gros traduisait en se dandinant légèrement. Il y avait une quinzaine de jours, le schooner sur lequel Freddie voulait faire un tour jusqu'aux Marquises était revenu s'échouer contre les récifs de corail de l'île, et Freddie n'était plus à bord.

Il nous a demandé si nous voulions voir le bateau et nous a emmenés au bord du lagon. Le bateau était là, le mât brisé, et sur ses flancs, pour les protéger, on avait accroché de vieux pneus de camion.

Fribourg a déclaré que, dès notre retour, nous demanderions qu'on fît des recherches. Le gros Maori au corsage bleu pâle parlait avec l'autre d'une voix très aiguë. On aurait cru qu'il poussait de petits cris. Bientôt, je ne leur prêtai plus la moindre attention.

Je ne sais pas combien de temps je suis resté au

bord de ce lagon. Je pensais à Freddie. Non, il n'avait certainement pas disparu en mer. Il avait décidé, sans doute, de couper les dernières amarres et devait se cacher dans un atoll. Je finirais bien par le trouver. Et puis, il me fallait tenter une dernière démarche : me rendre à mon ancienne adresse à Rome, rue des Boutiques Obscures, 2.

Le soir est tombé. Le lagon s'éteignait peu à peu à mesure que sa couleur verte se résorbait. Sur l'eau couraient encore des ombres gris mauve, en une vague phosphorescence.

J'avais sorti de ma poche, machinalement, les photos de nous que je voulais montrer à Freddie, et parmi celles-ci, la photo de Gay Orlow, petite fille. Je n'avais pas remarqué jusque-là qu'elle pleurait. On le devinait à un froncement de ses sourcils. Un instant, mes pensées m'ont emporté loin de ce lagon, à l'autre bout du monde, dans une station balnéaire de la Russie du Sud où la photo avait été prise, il y a longtemps. Une petite fille rentre de la plage, au crépuscule, avec sa mère. Elle pleure pour rien, parce qu'elle aurait voulu continuer de jouer. Elle s'éloigne. Elle a déjà tourné le coin de la rue, et nos vies ne sont-elles pas aussi rapides à se dissiper dans le soir que ce chagrin d'enfant ?

DU MÊME AUTEUR

Aux Éditions Gallimard

LA PLACE DE L'ÉTOILE, *roman.*

LA RONDE DE NUIT, *roman.*

LES BOULEVARDS DE CEINTURE, *roman.*

VILLA TRISTE, *roman.*

UNE JEUNESSE, *roman.*

DE SI BRAVES GARÇONS, *roman.*

EMMANUEL BERL, INTERROGATOIRE.

et, en collaboration avec Louis Malle,

LACOMBE LUCIEN, *scénario.*

Aux Éditions P.O.L.

MEMORY LANE, *illustrations de Pierre Le-Tan.*

Impression Bussière à Saint-Amand (Cher),
le 2 septembre 1985.
Dépôt légal : septembre 1985.
1ᵉʳ dépôt légal dans la collection : février 1982.
Numéro d'imprimeur : 2298.
ISBN 2-07-037358-4./Imprimé en France.

36440